没有漫漫无尽黑夜

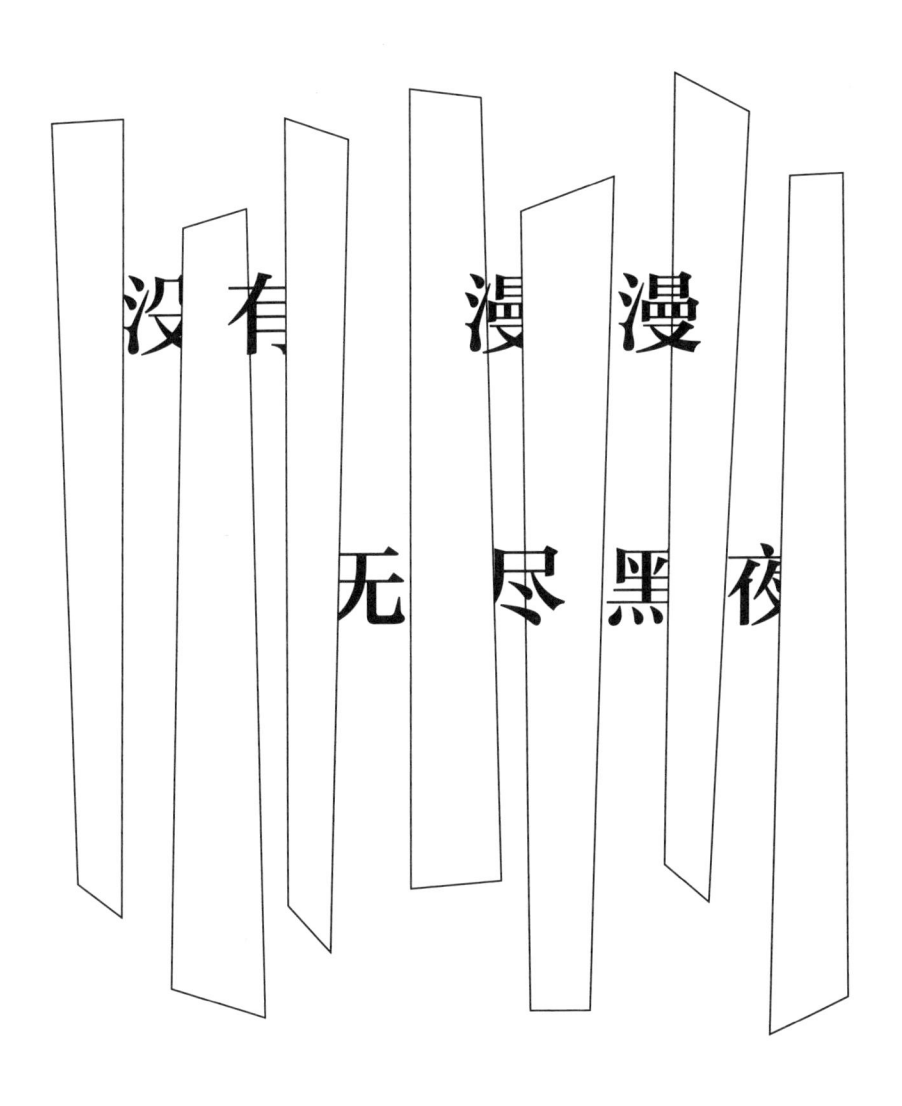

董江威 著

中国友谊出版公司

图书在版编目（CIP）数据

没有漫漫无尽黑夜 / 董江威著 . -- 北京：中国友谊出版公司 , 2023.12
 ISBN 978-7-5057-5714-1

Ⅰ . ①没… Ⅱ . ①董… Ⅲ . ①短篇小说 – 小说集 – 中国 – 当代 Ⅳ . ① I247.7

中国国家版本馆 CIP 数据核字 (2023) 第 205874 号

书名	没有漫漫无尽黑夜
作者	董江威 著
出版	中国友谊出版公司
发行	中国友谊出版公司
经销	新华书店
印刷	天津中印联印务有限公司
规格	880 毫米 ×1230 毫米　32 开
	8.75 印张　110 千字
版次	2023 年 12 月第 1 版
印次	2023 年 12 月第 1 次印刷
书号	ISBN 978-7-5057-5714-1
定价	58.00 元
地址	北京市朝阳区西坝河南里 17 号楼
邮编	100028
电话	（010）64668676

目录

没有漫漫无尽黑夜　　|1

异乡人　|23

一碗辣酱面　|43

寻找阿优米　|57

感性与理性　|95

关于平凡　|119

二楼　|135

被删除的账号　|195

刀与铳　|225

跛　|273

　　　　　　　没有
漫漫　无尽　黑夜

前面是一堵墙，后面是悬崖，生活繁重不堪，呼吸伴随着压抑的二氧化碳。所幸还有左边，和右边，一扇门，一面窗，不经意地存在，迂回地指向眉心。这时，好奇心开始作祟，只为尝试，哪怕只为看一眼阻拦大海的堤岸。

第一天

已经开了近四个小时，一阵困意袭来，C驶进最近的服务区，小心地把车停在规定位置。凌晨一点，夜深人静。他拿上洗漱用品向卫生间走去，用脸盆接了开水，然后在水槽里打湿肥皂开始洗脸擦身。浑身脱得只剩一条内裤，他拉扯着边角，用毛巾掏进去，一顿搓拭腿根和股沟，洗净了久坐一日的浊气，他顿时感到神清气爽。

幸亏是夏天，晚风凉爽，只略微的冷。洗漱完毕，他拎了桶热水，坐在露天座椅上泡脚，然后点燃一支烟，等着方便面变软。心想一会儿把觉睡足，争取明天直接开到八宿。

C这趟车从建水出发去往拉萨，行程两千四百多公里，计划行驶四十个小时，遵纪守法的话，要五天才能到达。车厢里满载石榴和洋葱，还有帮朋友捎带的几十箱紫陶锅。

尽管等装货等了整整两天，直到今天下午才缓缓出发，但一路高速畅通，只在几个路段被稍许耽搁。C妻不再跟他出车已经有两个多月了，一来她腰椎间盘突出，二来她在县城的酒店找了份勤杂工的工作。没人在身边照顾起居和做饭，C反而轻松不少，只不过一个人开车，就不能接太急的活。他倒不是没想过再雇个司机，轮换着每天开满十六小时，但那样一来，刨去油费、路费、人工等成本，挣到的钱会少得让生活都打不起精神。

这时候,远处突然传来一阵声响。C赶紧擦干脚,穿上鞋,起身时不忘把碗里剩下的面扒进口中。他摸着过去,大型车辆停车区的一端有一辆十米长的平板拖车,那上面载着一辆小型挖掘机,近旁有三个人影在暗处捣腾,发出细碎的金属碰撞声,他们身后有一辆皮卡,中间连着根管子。

"喂!干什么呢?"C吼道,同时用手里拿着的电筒照向他们。

其中一人立即逃进了皮卡驾驶座,另外两个人慌忙收拾起工具。

"简直无法无天了!"C迈开大步走上前去准备逮人,油箱旁一个瘦子抄起地上的棍子。这时拖车驾驶室门打开,跳下一个矮小的身影,手持一个汤锅,几个人还没来得及反应,液体就泼了出去。

"什么东西!"瘦子一边擦衣服,一边朝那矮小的身影抢起棍子。C及时地飞来一脚,踹在他腰眼上。一旁的胖子赶紧把瘦子扶起来,看来这场架非干不可。此时,周边聒噪起来,货车和卡车司机们纷纷跳下车往这边走来。

"赶紧跑！"皮卡上的人喊道。瘦子和胖子顾不上散落的工具，仓惶跳入车中，一阵刺耳的轮胎磨地声连连响起，他们一溜烟儿地逃走了。

"你俩胆子也太大了，"围拢过来的人当中，卡友甲站出来说，"万一寡不敌众，那多不值当啊！"

"是啊，你喊几声啊，大伙儿不就都醒了。"卡友乙说。

"尤其两口子上路，更要小心，安全第一。"卡友丙的话语中明显带着些责备C的语气。

直到这时，C才察觉到，那矮小身影是个女人。她四十岁上下，穿米色格纹衬衫和牛仔裤。

待众人散去，C问："你就一个人开这家伙？"他指指那辆大型平板拖车。

"是啊，有问题吗？"女人一边把汤锅里剩下的液体甩干净，一边回答道。

C想这能有什么问题，就是厉害呗，连自己都没A2驾照，"你这锅子里都是什么？"

"吃剩下的螺蛳粉，"女人抬起头，路灯照亮了那布满血丝的瞳孔，"刚才多谢。"

"不客气，应该的，"C说，"小心点。"

"行。收拾一下，休息了。"女人说罢转身离开。

虽然法律没有禁止货车夜间在高速公路上行驶，但这段时间司机们基本都在服务区休息，等着一早再出发。而油耗子就专挑这时候作案。如果一辆货车配的是两个司机，还能轮换着执勤，可一旦累起来，也都是闭眼就睡。干这行的普遍缺乏锻炼，所有的精力全都集中在安全驾驶上，确保不能有丝毫差池，实在劳神费力。如果倒霉，碰到猖狂的团伙作案，而周围又没有什么车和人，司机们通常就选择躲在车里报警——毕竟比起几千块油费，还是命要紧。

C爬上驾驶座后排的睡垫，一闭眼就打起了呼噜。

第二天

吃过早饭，检查好车辆，加满热水瓶，C往保温杯里泡上红茶，启动车辆就出发了。昨天开超了八小时，是托了高速畅通的福，交警对于"货车司机一天驾驶不得超过八小时"的新规也是相对放宽，知道都不容易。但是今天进藏，要格外小心，214国道这条滇藏线查得很凶。虽然他备了一天余量，但还是希望能尽早抵达目的地，这样就能在拉萨拥有更宽裕的找货机会。

算上排队开限速条和休息吃饭的时间，今天预计得开更长时间，夜里十一点左右到达八宿县。C对这条线并不陌生，但八月雨季，突发状况频出，总之，控制好车速要紧，不用赶时间。

那天天气难得的好，经过飞来寺时，远处的梅里雪山看着就像一幅流动的风景画。C忽然想起昨晚那个独自拉一台挖掘机的女人。他在路上跑了十来年，见过开重型货车的女司机，但这种下车直接干架的狠角色，从未碰到过。"真牛逼！"

下午一点多到芒康时，C饿得肚子咕咕叫，就找了家以前去过的餐馆，吞下一碗西红柿鸡蛋面，外加两个藏包子，顺便闭眼眯了一会儿。再往前开就是滇藏线和川藏线的交会点，两条线路在此合并为318国道一路向西，从那开始每段都有限速条。再次起步时，一辆载着挖掘机的重型卡车出现在C的后视镜中，在刚才吃饭的路边缓缓停下。

C喜欢听许巍的歌，他的所有专辑一张没落地都被他收入囊中，虽不能仗剑走天涯，也不能像风一样自由，但每次唱卡拉OK，必点那首《那里》，尤其歌里开头那四句简直让他欲罢不能：

那里曾有灯火的辉煌

那里没有漫漫无尽黑夜

那里永远不会被遗忘

那里没有孤单寂寞黑夜

……他喜欢歌里的那种不确定性，那种对生活的憧憬以及对理想之地的期许……觉得这首歌唱出了他的心声。每逢这时，他就会不经意地跟着CD哼起来。

晚上八点不到，C开始给油门，想趁着天亮，走完怒江七十二拐，再停车吃饭。正值暑假，318国道上自驾游的私家车很多，还有不少进藏的骑行客，以及零星的徒步者。拥堵之外，尤其要小心的是后面胡乱夹塞的小车。

停车等待时，他从塑料袋里拿出一个妻子特地准备的馒头，就着红茶啃起来。虽然C和她是相亲认识，谈不上多少爱，但她把父母照顾得妥妥当当，把家里收拾得干干净净，还给他生了两个儿子。最难能可贵的是，为分担他跑长途的压力，她还去考了B2驾照，心甘情愿地在路上做了五年的"卡嫂"。他喜欢和妻子在后座的床铺上做爱，躺着不动，妻子骑着他，一天奔波的辛劳便得以尽情释放。眼睛望出车窗外，有时能看到月光皎洁，群山环抱。

从国道上拐下来，天色已暗，过了怒江，他便在路边找了家四川饭店。进门时，他看见已经有不少司机在喝酒，看来都是打算今晚在此停留的。点完餐，他拿来一壶开水，灌进保温杯。抬头看到靠窗座位有人朝他招手，原来是阿强。

"去哪儿？"阿强问。

"拉萨，"C说，"你呢？"

"林芝，"阿强说，"结束后，我也准备去拉萨，看看有什么货可以拉。"

"到时候好好喝一顿，"C边喝茶边说。

"对了，你这一路过来，听说了一件事没？"阿强环顾了一圈四周，小声问。

C 说:"昨天刚从建水出来,今天就到了这儿,一路都在开车,没机会听人说话。"

阿强说洱源有个女的,把工地老板杀了,还开走了停在施工现场的一辆平板拖车。他还说那女的和工地老板搞破鞋,结果他嘴贱,闹得全村人尽皆知,她男人去工地讨说法,被保安打断了一条腿。然后继续说,那女的心狠手辣,行凶之后,还把那老板的生殖器割下来喂了看门狗。

这时候,老板把一碗热气腾腾的爆炒腰花盖浇饭端到了 C 面前。

"是什么牌子的挖掘机?" C 边说边把饭拌开,让腰花的荤汁浸润米粒,同时在脑海里回想着昨晚的细节。

"这不清楚,我也是听说,在丽江高速服务区加油时,听其他司机聊起,还看到一些警察。"阿强拿过一个塑料杯,要给 C 倒啤酒。但 C 拒绝了,说:"今晚还要继续跑路,八宿县城那边有个休息站可以冲澡。"

最后一个小时的路程里,C 异常清醒,把昨晚发生的事和之前阿强说的话串联起来,似乎就能说通:亡命之徒自然什么都不怕。但转念一想,开一辆那么大的平板拖车,又载着目标如此明显的挖掘机,如果真是命案,还能堂而皇之地在公路上行驶?再想想那双布满血丝的眼睛……总觉得有故事。一到目的地,C瞬间就成了一个泄了气的皮球,浑身疲乏,动脑筋实在辛苦,便草草洗漱,倒头睡去。

第三天

手机闹铃突然响起,闯入耳中的还有哗啦啦的雨声,C睁开眼,车窗外一片模糊。上完厕所回来,他便坐在车里吃起了早饭,昨晚灌的开水还烫着,就泡了包方便面,剥了两个茶叶蛋进去,这十几个茶叶蛋也是妻子煮好的,让他在路上垫肚子。看这情况,今天只能勉强开到林芝了。

大雨减缓了整条国道上的行驶速度,老练的大车司机都会慢慢跟着前面的车,除非碰到行驶过慢的车辆,一般都不会轻易超车,急弯处还要小心对向车道的逆向超车。这不,C在出了然乌湖的大弯时差点就撞上弯道超车的一辆奔驰G500越野车,要不是他急踩刹车,以及对向客车往右打了把方向盘,后果肯定不堪设想。

他摇下车窗，对着那奔驰喊："不要命啊！"

开奔驰的是位梳着背头的大哥，知道是自己的错，就不声响了。但眼神还是一点都不客气。

"你倒回去啊，还傻愣着做什么！"C一向都不怕这些开豪华车的，知道他们患得患失。

那奔驰开始倒车，但他原本超车的位子已经被后面的车填上，所以就只能硬着头皮一路往后退，经过的同向车辆估计都在骂"傻叉"。

C和客车司机打了个招呼，便不客气地顶着奔驰往前开。退了将近三百米，终于有一辆大货车给背头大哥让了个位子，那奔驰才悻然缩进去。"下雨天，心急个啥，不白超了这么多车。"C愤愤地自言自语了一句。

到达波密时，差不多是下午一点，C不是很饿，但还是去吃了点东西。他以前没在波密县城停留过，但听卡友说过有家藏餐的烤羊排和牦牛肉灌汤包很不错，索性就决定去尝一尝，顺便午休。

把车停妥，披上雨衣，拐进巷子。那家餐厅的院子很大，要是天好，晒晒太阳肯定舒服。这个点吃饭的人不少，其中多数都是游客。他点了份牦牛肉灌汤包，正泡茶的时候，从门口进来一个人。

那人看到C，直接走过来坐到了他对面的椅子上，摘下自己头上的棒球帽。

"你怎么在这儿？"C惊讶地问。

女人边用毛巾擦头发边说："吃什么？我请客。"

"已经点了，"C试探着问，"你一路都跟着我？"

"跟着你？"女人说，"我是来吃饭的。"

两人就没再往下说，灌汤包端上来时，女人向服务员又加点了一份，还追加了烤羊排。

"要不你先吃？"C说。

"也行，我是真饿了。"女人说完就用筷子夹起包子，蘸着辣椒酱吃起来。

C心想：还真是不客气。雨天的微光把女人的脸蛋照得有些动人，她皮肤不算糙，有一颗虎牙，瞳孔里的血丝已经不见了。他接着打量起她穿的衬衫，是同一件格纹衫，看不出新旧，然后心生遐想。

"你去哪里？"女人问，"哪"这个字带着浓重的口音。

"啊？"C回过神来，"拉萨，但今天到不了了。"

"路上没被查？"

"没查。"

女人又往嘴里塞了一整个包子，灌汤的汁水从嘴角溅出，不知喷到了哪里，"你也吃啊，别不好意思。"

C说："我不是很饿，因为朋友推荐过这里，就进来试一下。"

这时候，另一份牦牛肉灌汤包和烤羊排已经端上桌。C心想：好家伙，真能吃。

女人又吃了两个包子，起身说要去上个洗手间。

C直接用手抓了一个灌汤包，丢进嘴中。浓郁的汤汁和厚重的牦牛肉在口腔里欢快地跳起舞来，果然没来错！又抓了一个蘸点辣椒酱吞下去：哇！好吃！这酱是调制过的，厉害！

女人很快就回来了，随即拿起帽子和毛巾，说自己急着赶路就先走一步了。"羊排可以打包，刚好晚上下酒。"然后对着C做了个一饮而尽的手势。

这一连串动作把C弄了个措手不及，还没等他反应过来，女人就出门了。他起身追过去，女人早已消失在巷子尽头。

C回到餐厅，吃着剩下的灌汤包，寻思自己都还没来得及判断她是否是阿强口中的行凶者呢。越想，这包子就越没了之前的美味，他脑补着女人口中飙汁的画面，心想还真没遇到过这么不见外的人，近乎粗野的模样让他下意识地打了个颤。结账时，被服务员告知单已经买了，C便打包好羊排，靠在沙发上歇了半小时，然后继续上了路。

这时雨势已经变小，车窗外一片豁然开朗，沿途帕隆藏布江的磅礴气势一览无余。一个念头在C的脑海里突然蹦出来：往前赶赶，说不定能追上那女人。这么想着，C的肾上腺素开始翻滚，一种追逐猎物的快感渐渐占据大脑。他全神贯注地把紧了方向盘。

三个多小时后，在接近鲁朗的山口处，C望见了载着挖掘机的那辆卡车。他不紧不慢地跟着，虽然他的车和那辆卡车之间还隔着几辆车，时不时还会加塞进来小车，但他的车速更快，看到加油站后，C马上开进去把油加满，然后再继续慢慢追女人。晚上五点多，在色季拉山口的盘山路前，他超过女人开的那辆卡车，看了眼驾驶室，果然没错。女人没意识到 C 的视线，戴在头上的棒球帽压得很低，一副聚精会神的样子。

到达林芝镇后，C 把车停在路边。这里有条岔路：一条仍是 318 国道，沿着往前不远就是林芝市，然后就是通向拉萨的林拉公路；另一条则去往桑日和山南，但路况不好，耗时更长，所以即使要去山南市区，司机都会选择走林拉公路先到日多乡，再从那里拐到 302 县道南下。所以，他有八成把握，女人会继续延 318 国道往前走。

果不其然，C 等了约四十分钟后，那女人的车出现了。他没猜错，继续跟在她后面，琢磨着她会去哪。他们沿着林拉公路一直往前开，经过林芝，穿过工步江达县，尼洋河便在身旁奔涌开来。天色越来越暗，雨慢慢地停下来，但那女人似乎一点都没有要休息的意思，难道她想开一整晚一直开到拉萨？终于，晚上十一点，那辆装载挖掘机的大卡车在接近日多乡的塾村停了下来，路边的休息区已经停了七八辆大货车。C 惊讶于自己的状态，竟然没有一丝困意。

女人跳下车，活动着脖子，走向厕所。等她回来时，C

下车迈上前。

"要不要吃点羊排？"他像老朋友一样跟她打招呼。

女人疑惑地看着他，以确定对方没认错人。

C举起手中的白酒，还了一个一饮而尽的动作。

"哈？你不会是一路都跟着我吧？"一语中的，女人摘下棒球帽。

"啊？没有，"他撒谎说，"碰巧看到你，我的车就停在这里。"

女人没接话，心里寻思这男人到底什么意思。

"行吧，搭个伙，我确实饿了，"女人边说边从车上拿下水杯和折叠椅。

C从工具箱里拿出卡式气罐炉，用铝箔纸把羊排包起来，点火加热。

"可以啊，设备挺全，"女人拿过酒瓶给自己倒了一杯。

"你载着这家伙去哪？"C问着，递给她一个馒头。

女人接过馒头，掰了一口塞进嘴里，说："哲古镇。"

"那看来我们明天就要分道扬镳了，"C的语气里明显带着点失望。

羊排热了，C 撕成几根，把辣子放在一边，女人毫不客气地吃起来。

"这羊排真行，果然名不虚传，"他也毫无矫饰地往嘴里塞肉。

吃到一半，C 说："我问一句，但你可别介意，纯粹是好奇。"

女人示意让他问。

"你是不是杀了人？"C 说完，喝了一大口酒壮胆。

女人停下了正在咀嚼的嘴巴，直视着他，说："然后把生殖器割下来喂了狗？"

"真是你？"C 假装往后靠了靠。

女人哈哈大笑起来："那可真是要谢天谢地了，开了一千五百多公里，居然没人抓我。"

他知道了，传言里的那些事都不是她做的。女人解释道，这个故事在休息区和加油站都听说过了，还有人因此躲她。

"你怎么跑起大车的？"C 接着问。

女人一口喝完杯中的酒，说："还不是为了挣钱，男人死得早，家里又有老人和孩子。"

尽管每一个货车司机基本上都会这么回答，但 C 还是觉得她不一样。他俩聊着聊着，天上又飘起雨来。

"去我车里吃吧。"C 对女人发出邀请。

女人没有拒绝，起身收拾完，回车里拿了东西。

雨越下越大，酒味混杂着荤腥气，按捺不住异性的气息……

车外电闪雷鸣，车里翻云覆雨。她的叫声混进窗外的雷鸣中，让人胆战又销魂。

一个月后

警察给 C 妻打电话，表示 C 依然毫无音讯。最后一次捕捉到 C 开的那辆货车的影像是垩村村口的摄像头。但无论是通向拉萨的林拉公路，还是去往山南的 304 县道，沿途监控都没有捕捉到其他任何相关的踪影。实际上，直到拉萨的客户打来催货电话，C 妻才意识到出了问题报了警。其后的一个月内，警方先后组织了好几次针对垩村及其周边的大搜索，但一无所获。也就是说，C 和他的货车在那晚凭空消失了。

一年后

两个当地小孩在哲古湖边玩耍，捡到一张裂成碎片的CD，那张唱片正面印着模糊的照片，还写着几行字：

……

那里没有漫漫无尽黑夜

那里永远不会被遗忘

……

异乡　人

每周四，V都会下山去G的小酒馆。临近周末，人不多不少，气氛刚好。孤独不会被打扰，也不至于无依无靠。他喜欢坐在吧台一角，静静地看着老板娘调酒，偶尔听听邻座谈天的内容。他若感兴趣，也会和陌生人聊几句。

上周，有两个女孩说刚在成都听完声音玩具的现场演出，心情至今难以平复，可惜没抓着机会让主唱签个名。V说自己有两张签名CD，如果需要，可以送她们。女孩们先是一怔，然后相视着笑出声来，说："不如现在就去你家拿。"上个月，有个小哥说能在海拔四千米以上的地方单手做二十个俯卧撑，说自己还登顶过珠峰。V说："我也喜欢户外，不如明天一起去爬苍山马龙峰如何？"小哥摇摇头，说："现在已经对户外彻底没了兴趣，改行做了珠宝生意。"半年前，有位老先生一边喝着马天尼，一边脸上挂起了两行泪，念叨着："老伴儿走了一年多，但每天醒来都以为她还在，实在无措。"V说他懂这种心情，甚至比谁都要清楚。老先生从口袋里掏出手帕擦了擦眼睛，看见V泛红湿润的双眼，点点头。

发生在酒馆的大多故事不过都是伴个杯中酒，听听就忘，情节再精彩，无非都成为日后"哦！想起来了"的谈资。异乡，是催化感伤的温床，也是袒露心扉的介质。

1/天真

T是最近才从大城市搬来古城的，若不是在酒馆碰上，可能一辈子也不会相识。白露之夜，过了十点，店里只剩V、T和G。T独自在吧台喝着一瓶葡萄酒，蒂墨的夏布利，可见品位不俗。她主动问 G 这家店开了多久。因为也没有其他客人，G 索性就和她聊了起来，毕竟能点这瓶勃艮第白葡萄酒的客人在古城可是很少见的。T 说自己以前也开过一家酒馆，生意一直不错，但仅一个月的时间，就彻底败了。G 问："是不是房东把店铺高价租给别人了？" T 摇摇头，接着讲述起来：

"我住的城市曾经遭遇过整整一个月的隔离，虽然现在很少人记得。当时老百姓都被要求待在家里，商业几乎停滞，只有几家大型电商和超市还开着，维系着整座城市的基本食品补给。酒馆自然开不了，生意也没法做。

"我那店不大，却能坐下二十来个人。我没本事像日本居酒屋那样自己做菜、朋友上菜、找些兼职就运转起来。所以还是雇了七个员工，交替上班，中午做些商务简餐，晚上主营酒水和小菜。餐饮业都是包吃包住，那些从小地方到大城市打工的年轻人，也租不起房子。

"但既然都被隔离了，我就想着给大家鼓鼓劲，别垂头丧气，等再开业，努力把这个月的损失补回来就行了。一开始，群里还有些互动，但越到后来就越没动静了，问一句话也没人回应，好像群里这些人完全跟我没有关系一样。朋友说：'人都这样，保不准他们在担心你还发不发这个月工资。'我说：'不会吧，我像不发工资的人吗？'朋友说：'你不像，你也不是。只不过现在很多年轻人的脑子没你干净。'

"可摆在面前的事实就是，隔离了快一个月时，我面临着支付将近十万的房租和工资的问题，问房东能不能减免，他说可以延期。也好，至少能缓口气。我就从存款里拿出了六万多，先把工资和宿舍的租金付了。群里也没人说声谢。朋友说：'谢什么？老板给员工发工资天经地义，何况又不是他们自己没事不来上班。'

"开酒馆之前，我在外企上班，打工十年存下的钱，刚够让梦想起步。我也不贪心，想着店里的生意每个月的利润够我还房贷与玩乐就行了，毕竟自己当老板，好在不用再听别人使唤。而且有这么一家店，能认识天南地北各路人马，比坐办公室可有趣得多了。

"当时我有点担心，假如再隔离一个月，可能就得借钱发工资了。不过还好，解封之日拖拖拉拉地还是来了。恢复上班第一天，有些员工的状态很差，我想是不是隔离期间攒了太多负面情绪，也就没当一回事。但她们却在工作上频繁出错，还一脸无所谓的样子。结果，所谓的'报复性消费'并未及时出现，可能是大家在隔离期间精力消耗过度了吧。"

说到这里，T喝完杯中的酒，熟练地拿起瓶子又给自己倒上。V觉得T像自己认识的某类人，却又无法具体到某个人身上。T脸蛋娇小，明眸善睐，嘴型很漂亮，宽松的白长衫也很衬她。G说："按情理讲，其实是可以和员工协商的，比如像房租一样延期支付。"

"如果可以，我也就不会在这里了。"她笑笑，从牛仔裤口袋里掏出一包烟，问G，"可以抽吗？"老板娘说："没人，抽吧。"

"先是有人以生病为由不来上班，却被朋友撞见在其他咖啡店端盘子。接着，厨房负责人说做到月底要离开，有一家西餐厅里开了更高的工资。我有点搞不明白，难道自己人品就这么差？做人就这么失败？有一次，一位开餐厅的大哥到店里喝酒，我就给他讲了这件事。他笑道：'不要指望仁义能换来同等的理解与尊重，在餐饮行业，这实属正常。就拿请病假的小妹举例，躺平一个月你都能豪爽地付满月工资，为什么就不能趁机找借口多打一份工？不就为多挣点钱嘛。'我和朋友都听傻了，就问他：'不然要怎么办？'他说：'让这种人立马滚蛋，但凡有"先稳住再慢慢找人替代"的想法，结果往往就会越蛀越深，别人又不傻，年轻人可都精着呢。'我说：'如果跟员工们提工资延期发呢？'他平静地注视着我，说：'不要抱有这种期望，否则自己会被伤得更深'，接着拍了拍我的肩膀。"

V已经大致猜到结果，但还是礼貌地接了句："后来呢？" T侧过身望向他，多么漂亮的女孩，V心想。

"如果是这样，那我为什么还要开店？是给自己添堵，还是给房东和员工打工？" T呼出一缕青烟，"酒馆又接着开了两个月，然后我提前告知员工们，下个月自己要搬到其他地方生活，店不打算再做下去了。"

G给自己倒了杯红酒，看得出来她想知道后来发生的事。

"结果那些人就崩溃了，只有一个洗碗阿姨每天准点上下班。问其他人原因也支支吾吾，说身体不舒服，家里有老人生病之类的,完全没有坦诚可言……我就以旷工、迟到、早退等理由,先后都把他们辞退了。结果没想到,最后一个月的生意越来越好,周末摆门口的座位都不够用。"

"柳暗花明,否极泰来。"V 喝了一口手中的 old fashioned,自言自语道。T 朝着 V 举起酒杯,说:"其实并没有。"

"我也想过要不就这样继续经营下去,找找兼职也挺省事。但没想到劳动仲裁找上了我,说我长期不给员工缴纳五险一金。我说不是啊,他们在入职时都是自愿放弃缴纳社保,并要求全额工资到手的,我们都签过协议。劳动仲裁说用工协议不等同于劳务合同,不合法,按照法律法规,从保护劳动者的角度,我必须要赔偿那七个人。金额是每人的三个月工资总和。"T 说到这里,并没有恼怒,反而如释重负。

G 估计被吓到了,下意识找了杯冰水喝,问:"怎么会有这种事?"V 说:"应该是串通好的,知道老板没经验,好欺负。"T 缓缓点点头,又缓缓摇摇头,说:"随便吧,也不想再有瓜葛。"

2 / 亲情

G 为 T 倒上一杯酒，温柔地看着她，像面对的是自己的亲人似的，说："跟你说说我的故事吧。"

"我来古城五年了，三年前开的这家小酒馆，自然是为了养活自己。大家都觉得我这个年纪，多少有点积蓄，可实际情况并不乐观，我女儿今年刚进大学，需要花钱的地方很多。虽说是女儿，她却与我断绝往来，唯一的联系，只有那张银行卡而已。"

气氛略添凝重，V 和 T 屏息聆听，G 继续讲了下去：

"我以前是做室内设计的，事务所在行业里算得上数一数二，收入足够一家三口正常开销，就算偶尔任性，也没什么关系。日子过得四平八稳，但有一晚，出了意外。从我毕业实习到辞职离开，整整二十年。一天不多，一天不少。"

"老公出轨？" T 毫不避讳地问。

G 嘴角微微上扬，手中调着酒，看了 V 一眼。T 顺着目光而去，V 一怔，摆摆手。

"很惭愧，是我出轨了。" G 把调好的酒递给 V。

"我的前夫是个画家，喜欢画风景，他只对自然感兴趣，对裸体模特和年轻女孩，一概提不起兴致。我们是通过朋友介绍认识的，聊得来，都喜欢中古家具，以及东山魁夷。谈恋爱没多久，我们就结婚有了孩子。之后十八年的生活几乎没有任何波澜，一年中有大半的时间，他都在开车去户外写生。我对此很理解，尽管卖出的作品只够他自己继续维持画画而已。他也很感谢我的支持，所以家庭生活异常和谐。

"发生意外的那天是芒种，大学毕业二十周年同学会。班长当初组织的时候，我就预感会遇见前男友，果不其然，他出现了。想想啊，我们学的都是和设计相关的专业，平时压力也大，自然喝了不少酒。四十五岁左右的人，大多数夫妻早已经没有性生活了，男同学们之间交头接耳，说的无非就是哪家会所不错、完成设计后老板送了张卡之类的，还让我们不要告诉他们老婆。很讨厌，不是吗？

"我和前男友分手的原因是毕业各奔东西。他继续去赫尔辛基深造，而我被系主任介绍到了设计事务所。现在想想，可能也是没那么相爱吧，所以分得很果断。有意无意地，同学们安排我们俩坐在了一块儿，但毕竟二十年没见，一开始也不知道要说什么。随着时间的推进和酒精的催化作用，我们也就聊开了。他看上去没多大变化，就是眼睛里的精气神全然无存，头发没以前密，但也谈不上稀疏。他说毕业后在芬兰成了家，太太是当地人，他们有三个小孩，因为带娃的担子落到了他身上，他就没有精力继续做设计的工作。我调侃了一句：'家庭主男跟入赘毫无差别吧！'他只苦苦一笑，说自己前两年就离婚了，一方面是实在过不下去，另一方面也想回来照顾自己的老母亲。

"后来那晚，我就去了他住的酒店。第二天醒来，我感到有点害怕，他也很不好意思。但他还是开口问我借了钱，说是要给母亲看病。我也没在意，就当朋友帮个忙，转了十万，就算不还，也没关系。"

V盯着今晚喝的第二杯 old fashioned 中的橙皮，又开始自言自语："那就是说感情还在啊。"T呷了一口酒，表示不理解。

"尽管我装作若无其事，照常过日子，但还是被前夫察觉到了。我女儿读的是寄宿高中，所以平时家里就我们两个人。画画的人异常感性，心思细腻。有一天，我在出差回来的飞机上想好要坦白，请求原谅，但回到家时，他人就已经不在了。"

T问："怎么不在了？自杀了？"G回答："他离家出走了，衣柜里少了几件衣服，其余一律没动。茶几上留了一张纸条：'女儿已经长大，各走各路吧。我也有错，保重。'

"这事不知道怎么地就传开了，女儿断绝与我来往，我也没办法集中精力工作，只能辞职。还好有自己父母疼爱，伴我度过那段最艰难的时期。

"后来，以前的同桌告诉我，那几个男同学真的相约去了赠卡的会所，包括我前男友在内，喝多就把事情都给说了，再加上还有多嘴的同学告诉其他同学。所以就变成了后来这样。"

V骂了声"混蛋"，一脸忿忿不平，喝完杯里的酒，又再要了一杯。G说要调个别的给他喝。T问："那个男的肯定没还钱吧？你前夫在哪里你知道吗？"G面无表情地回答道："没还，以前不知道，现在知道。"T边给自己倒酒边问："方便说？"

"就在这里。"

T再一次把头转向V，V拿着空酒杯两手一摊地说：

"你不会以为是我吧？"G笑出声来，很好听，充满着熟女的感性。

"五年前，我到这边散心，撞见了前夫。"她边说边把调好的鸡尾酒递给V，继续往下说道，"他在山上租了块地种咖啡豆，有个小女朋友跟着他，顶多大我们女儿五六岁。我们是在三月街民族节碰到的，当时他在摆摊卖咖啡豆，我碰巧成了顾客。"

V和T都松了一口气，异口同声地感叹道："这也太巧了吧。"T说："等等，纸条上说'他也有错'就是这个意思？也在外面有女人？"G摇摇头，说："这些都已经不重要了。至少俩人都在一个地方，互相有个照应，家里人也放心。"T学V的口气说了句："那感情还是在的。"G平静地望着前面的两位客人，轻声道："亲情吧。"

3 / 失去

酒馆内的空气变得有些凝滞，V注视着手中的这杯红色鸡尾酒，问是什么。G答了句："纸飞机。"T说："不妨你也说说？"然后从冰桶里拿出自己的酒，示意才喝了三分之二。

V挠挠眉毛，喝了一口酒，酝酿了好一会儿，开始回忆道：

"我来古城的原因，和大多数人一样，就是想换个陌生环境，呼吸点儿新鲜空气。至于什么重新开始、设定目标，完全没有。那时候这家酒馆应该刚开吧。

"四年前，我被公司裁员，虽然拿到了一笔数目可观的赔偿金，但依旧感到非常失落。心想那么多废物，裁我做什么？是因为我太过自信？还是不够听新来领导的话？那段时间，我整天找人喝酒，第二天醒来都不知道前一晚是怎么回家的，还有几次居然睡到了陌生人的屋子里。

"我是独生子，一直没结婚，父母有自己的房子，我和他们不住在一块儿。不结婚的原因，只有少数人知道。"

V停顿了一下，似乎在想到底该不该说，他拿起酒杯，放下，接着又拿起。T问："难道你喜欢男人？"V说："那倒没有，我对女人可是彻头彻尾地喜爱。"并引用了一句阿多尼斯诗句"女性是人呼吸的空气"。G在吧台后面边擦杯子边琢磨。

"十年前，未婚妻在一次白血病化疗过程中出现意外，突然就走了，当时她肚子里还怀有我们俩的孩子，两个月都不到。"

说完这话，空气再次凝滞。T为刚才的随意揣测感到抱歉，V却并不在意，继续说：

"她是我的高中同学，班里的宣传委员，放学后总叫我留下帮她写黑板报。我们第一次的懵懵懂懂是在学校旁的烂尾楼里，仅仅是搂搂抱抱，但一晚上都没回家，把家里人和老师们急坏了。她个子高，吃什么都不长肉，一直留着一头清爽的短发，眼睛明亮，鼻子挺括，同学们都说她是个外国人。我们俩没在一起读大学，她考到广州学医，我留在上海。但我们之间的通信一直没断，到了假期，不是我去她那儿玩，就是她到我这儿来过。

"毕业后，她继续留校，本硕博连读，我就去广州找了份工作陪她。那时候她一切正常，南方伙食好，不缺煲汤和糖水，体重也有个一百斤。直到进医院实习后，她才出现症状：刚开始总觉得累，然后就经常发烧。看过几次病后，被诊断为慢性白血病，说是和遗传基因有关。

"未婚妻很理性，说如果因身体受限做不了临床医生，那就换个方向主攻心理学。我十分佩服她，毕竟摩羯座嘛。我们一起在广州住了五年，直到她读完心理学专业才决定一起回上海找工作。情况算顺利，我进了4A广告公司，她在一家私人诊所做心理咨询师。我在工作之外，就是小心翼翼地帮她推进恢复疗程。

"就这样开心地生活了五年，一起住进贷款买的房子，少年时约定的东西也相继添置完毕。只不过到后来，我和她在一起的时间被更多的工作和出差所占据，而心理咨询师平时也承受着巨大的精神压力。这些都是导致她病情恶化的因素，只是当时身在其中，我们都没有察觉到。

"她和孩子走时，距我俩的婚期不到一个月。后来我才得知，她父母也是因为家族遗传先后病逝的，所以她从小是跟着外公外婆长大的。那段日子，我只能靠工作来填补精神上的空缺，同事们朝九晚五，我不做满十二个小时绝不回家，甚至干脆就睡在公司。老领导很器重我，客户们也认可我的努力。渐渐地，生活终于开始有了点儿拨云见日的意思。我把婚房卖了，换了套离父母家近的公寓住进去。其间也曾尝试与其他女孩谈恋爱，但总觉得别扭，往往中途就匆忙退场，伤过不少人的心。"

G拿纸巾抹了抹眼睛。T默默地喝着酒。V用双手使劲地搓了搓脸颊，说：

"父母尽管年纪大，但思想都比较开明，并没有催我结婚生子。只是从前两年开始，父亲患上了老年痴呆，母亲体弱，经过商量，他们主动住进了养老院，说是不想给任何人添麻烦。我索性就把自己公寓也卖了，还清贷款，父母养老院的花销也就不存在任何顾虑。现在我每半年回去看望他们一次，住父母家，顺便打扫打扫卫生。

"两位老人的整体情况算好，父亲还记得我。母亲说民营养老院还是相对妥帖，有人陪她下五子棋，还有人陪她跳舞，唯独没有的是在家的感觉。他们嘱咐我，不管在哪里，都要照顾好自己。"

这时候，音响里传来Buckethead[1]的电吉他声，抑扬顿挫。

---

[1] 英国男吉他手，著名的吉他手Paul Gilbert的高徒，他的音乐类型是将电子音乐、吉他噪音、独特创意融合到一起。

V问G要了张便签条，从上衣口袋里掏出笔，默默地写下一行数字，把那纸条折成了一个纸飞机，说："忘记说了，我是做广告文案策划的，现在在帮人改编剧本，偶尔也写写新闻稿，所以生活没什么大问题。文字也算是我的傍身之技，不受时间和地域限制，只要足够成熟，总会找到合适的落脚点。"

那晚，三个人喝了很多却都很清醒，酒馆打烊后，V陪T走回家，两人一路上都没说话。夜风有点凉，星空很明亮。走到广武路的巷口，T点上一支烟，说自己到了，街灯把她的脸庞勾勒得更加立体。V回了一句："好的，有事联系，晚安。"

正准备从平等路上山回家时，V收到了一条短信，是G发来的：正在煮蔬菜面，还有朋友寄来的福建龙眼，饿了就来吃一点。

一碗 辣酱 面

A只喜欢吃辣酱面,从不吃辣肉面。

对A来说辣肉面的浇头就是一团红糊糊的肉碎,很容易化进面汤,但最后什么也吃不出来,价格还贵。辣酱面则完全不同,土豆是土豆,豆干是豆干,笋丁是笋丁,有时候店家还会放点儿花生在里头,各具风味,还能抱团取暖。吃起来,辣酱浇头既能包裹着面条一起入口,又能落入面汤中,在吃剩的面汤里撩到遗落的小方丁,那种快感时时让A惦记。

A不穷，但也没多少钱，小时候他的家庭条件确实属于整个德州新村里比较差的那种。那时别说是辣酱面，如果有机会在外头吃饭，素鸡面已经是父亲能给他的最大关爱了，而父亲为了省钱通常只点阳春面或咸菜面。因此，能靠自己的努力吃上一碗辣酱面，是A从小就埋下的梦想。

　　随着A顺利考进重点大学，申请到助学贷款，直到毕业获得学位，他那个和辣酱面有关的梦想已经被彻底遗忘。有一次回爷爷奶奶家探望，A发觉门口面馆的辣酱面价格竟然飙升至三块五，他明明记得小时候是一块二呀。再逐一对比之后，他发现一块五的辣肉面卖到五块，一块七的大排面卖到八块，连九毛钱的素鸡面也涨到了三块。十年间，物价飞涨了三倍，这也重燃了A曾经对辣酱面有过的那份渴望。怎么说呢，这种感觉并不是一碗面就能说清楚的。

　　直到工作第二年，A发现自己的人生就像白纸卷进打字机一般，被顺理成章地敲上一行行内容，然后滚出纸筒，放在一边。尽管纯国产，没有洋墨水，但也不存在卡纸的情况。那又是什么改变了他四平八稳的工作状态？

　　这要从A的职业说起。在成为一名图形设计师之前，他已经在业界小有名气，因为在大四时，他和另外三位网友合作出版了一本和像素艺术有关的书籍，那书后来不仅有简体和繁体两个版本，还被翻译成了英文版在欧美国家发行。A记得那是一个雨天，他正在路口等绿灯，准备去对面的自动取款机查询稿费和版税是否如期到账。虽然按编辑说的只有三千元，但在2003年，对于一个尚未毕业的大学生来说，那可是一笔巨款。

A拿到钱给自己买了块西铁城手表，然后去杰克琼斯挑了件打折大衣，剩下的钱只够在七浦路淘一条李维斯牛仔裤。凭借这身装束，加上出过书的履历，他在毕业生招聘会上被知名互联网公司相中，加入为一款聊天软件而建的开发团队中，负责图形设计工作。父母特地给他做了红烧大排，还有炸鸡翅，这些可都不是平时能轻易吃到的菜。

因为住在浦东，公司在人民广场，工作第一年，A为省钱，每天通勤要花三个多小时，骑自行车加上黄浦江轮渡，这要放现在来看十分环保健康，但在那时，实在是无奈之举。当时，他还花了好几百块，买了一辆适合城市骑行的三挡变速自行车。

A当时没找女朋友，他在高中时喜欢过一个同班同学，但人家不喜欢他，后来两人考进了不同的大学。他追到大二，才终于明白男女关系的一条硬道理：不喜欢就是不喜欢，不可能等到哪天就变成喜欢。于是，他索性壮士断臂，扼腕放弃。其实，大学里有过几个喜欢A的女孩，同班的或其他院系的都有，但A的心思完全没放在谈情说爱上，而是一头扎进网页设计和像素图像的世界，并且乐在其中。直到大三的某个夜晚，他才和一位学姐发生了肉体关系，其中缘由，放在之后讲也不迟。

当初就是这样一个和大都市里其他千千万万应届毕业生一样生活着的A，在工作第二年遇见了同一个楼层隔壁公司的前台行政E，当时情景是在写字楼附近面馆的同一张桌面上，两人都点了辣酱面。可明明是A先点的，面却先放到了E的面前，E有点不好意思，A说没事，让她吃吧。

市中心的辣酱面和浦东的辣酱面之间的差别很大，是用上海传统的老派八宝辣酱做的浇头，除了土豆、豆干、笋丁、花生，还放入肉丁、虾仁、青豆和香菇末。这么一炒，价格自然贵不少，能卖到八块一碗，同等价位在浦东都可以吃上大排面了。A并不会每天都来吃，有时候他会带饭到公司，用微波炉加热，有时候会去另一家餐馆吃菜饭骨头汤，菜饭可免费续，才卖三块五，对职场新人来说，这实在太实惠。但恰巧的是，这天在同一家面馆的同一张桌面，A和E都点了辣酱面。

既然照过面，在办公楼里相遇是十分自然的事，电梯里、楼道间、洗手间门口，A和E碰到都会点头打个招呼。互联网公司免不了加班，当时卢浦大桥刚建成通车，打浦路隧道已完成拓宽，A为节省精力开始坐公交车上下班。所以，每天必须赶在末班车前完成工作，否则坐夜宵车还得倒一趟，十分麻烦。有一晚，A做完一套表情包准备下班，在去电梯间经过E的公司门口时，发现她还在。他们两人互相看了一眼，A不知道要说什么，只是问："还不下班？"E害羞地点点头，说："马上弄完。"也不知道哪来的勇气，A又接着问："你肚子饿吗？要不要一起去吃碗面？"E一下子没反应过来，迟疑了片刻，说："好啊。"

晚上九点多，两人在面馆坐下。A照旧要了一碗辣酱面，E则点了份上海炒面。这并不符合A的预期，他本以为女孩的选择会和他的一样。E似乎察觉到了他的失望，便问："你这么喜欢吃辣酱面呀？"A想也没想地回答："是啊。"她说自己其实吃不了辣，以前没吃过辣酱面，所以那天就想尝试一下。"感觉怎么样？"A问。女孩说没自己想象中的那么辣。然后他把上海辣酱的大致做法跟E详述了一遍，还强调，甜面酱和海鲜酱必不可少。她听得很认真，都没有动过筷子，眼神里充满了对眼前这个男孩儿的好奇，不，应该说是对另一种生物感到的不可思议。

E并不属于那种一眼看上去就让人觉得很漂亮的女孩儿，她给人的第一印象是温柔、安静，皮肤很白。在她吃炒面的时候，A偷偷地观察起她的五官：长长的睫毛，立体的鼻梁，大小正好的嘴巴，并在心中默默勾勒她的脸部轮廓，就像画速写一样。吃着吃着，两人逐渐熟络起来，讲起了各自的工作情况。假如有人正好在旁边一桌，会以为这对是刚从人民广场相亲角转战过来的。

十点不到，两人相互道别，各自走向车站，分开的方式像裁纸刀切下一样干干净净。至少，A没多想。

第二天中午，公司前台让A去拿快递。A感到很疑惑，想自己没买东西啊。打开一看,是一打啤酒。啊,不会是 E 送的吧?每次经过她公司门口,背景墙上的品牌标志都醒目可辨。这天他手上的工作很多,昨天完成的表情包要根据领导的意见进行修改调整,此外还要内部测试在线使用效果。午饭是同事统一叫的星期一便当,所以直到很晚,A 都没找到机会去谢谢那女孩儿。当他收拾东西下班回家时,发现 E 的公司已经暗灯锁门了。

明天一定要谢谢她,A 暗自下定决心。这晚他没睡好,躺在床上想 E:她有没有男朋友?要不要追求她?学设计出身的人很容易在脑海里描绘各种情景,想来想去,翻来覆去,不知道后来是什么时候才睡着的觉。

第二天下起了雨,淅淅沥沥,坐公车的人湿嗒嗒地挤成一堆,像水产市场被叠放进箩筐里的鱼。所幸的是 A 没迟到,打完卡,在座位上放好背包,他趁上厕所的机会走去 E 的公司。但坐在前台的是一张完全陌生的面孔,难道她有事请了假?或者生病了? A 问:"E 在不在?"那张陌生的面孔回答:"她不做了,昨天最后一天。"

窗外是急流而下的水柱,雨在顷刻间变大。这时,他才突然想起来自己没有她的电话号码，便灵机一动，问："能不能给我一下 E 的电话，她有样东西落在餐厅。"陌生面孔投来警觉的眼光，圆珠笔在手里转了几圈，说："你留在这吧，如果她还需要，会自己来取的。"气氛瞬间变得尴尬，A 说："我还是留在餐厅吧。"对方说："那样最好。"

A 失落地走回办公室，背影看着像一摊烂泥。他回到自己的位子上坐下，重重往后一靠，电脑椅发出了吱吱的叫声。桌上这打啤酒，就算是告别礼物？忽然间，他发现了异样，这打啤酒的包装纸缝隙间露出一角小纸片。他小心翼翼地抽出，上面写着：杨熠君，MSN：YYJ1123@hotmail.com。谢天谢地，E 简直太聪明了！不，是有趣。他一下子就把注意力重新放回到了工作上。

这天 A 的工作效率很高，尽管窗外下着大雨，但他的内心仍阳光无限。到了中午，他打开 MSN，输入邮箱地址，可是对话框里显示的是灰色，E 不在线。尽管有些小失落，却也符合常理，她可能正在上班，不如晚上回到家再试试。午休时间还充裕，A 叫了份辣酱面，急匆匆地吃完，继续干起手头的工作。这天他准点打卡下班，赶上晚高峰，公交车比早上更加拥挤，而且还塞满了上完一天班的怨气，这让原先的那股潮气变得更加黏稠。

到家时，母亲正在做饭，A回来得这么早，这让她觉得很反常。"今天事情少。"他随便应付了一句，就走进自己的房间。打开台式电脑，Windows的标志停留许久，他开机登陆一看，结果，E的邮箱地址依然显示是灰色。没事，可能她在加班，晚上再试试，A在心里想着。

这样的情况大约持续了一个礼拜，A渐渐地就把E给忘了。毕竟只是一起吃过两顿面的工作邻居，他还能指望什么呢？虽心有不甘，但世界这么大，这点小事又算得了什么呢？A不喜欢喝酒，就把那一打啤酒放在办公桌脚下，一直都没动过。

某个周末，A正在服务器上和网友联机玩半条命射击游戏，"噔咙咙"，MSN的消息提示音响起。忽然，一股电流穿过身体，他觉得是E。

：）

你不做了？

不好意思，没来得及说，我刚到美国安顿下来。

啊？留学吗？

嗯，读个硕士学位。

哦，那恭喜啊！

我觉得你一定能发现那张纸条。

啊？为什么这么说？

因为你讲做辣酱面浇头的样子很细心。

……

A犹豫着该不该讲那天想向她表白的事，斟酌了半天，还是作罢，还是别影响女孩儿的前途为好。

"那之后呢？"F问。A说："就保持着网友之间的联系。""那也太没劲了！"F悻悻然地说。A感慨道："要不是E去了美国留学，然后做到跨国企业亚太区总监一职，也没有我现在这么好的工作和生活条件了。再说了，哪还会有她和你的现在啊！"这时F幸福地搂紧了身旁的E。"好啦，这个故事都讲好几百遍了，快来吃生日面。"学姐一手端着面,一手端着八宝辣酱从厨房里走出来。A温柔地看着学姐,说:"老婆,就说这最后一次。"

寻找　阿优米

一阵激烈的敲门声吵醒了正在熟睡中的U。

他摸到床头柜上的手表，迷迷糊糊地一看，早上八点不到。接着，他起身缓过神，披上睡袍，走到门口，左手打开猫眼的同时，右手从墙角拿起铁铲。

没有人。U确认防盗链还扣着后，小心翼翼地打开门。走道里空空荡荡。重新搜寻视线所及的范围，没有异常，连电梯都毫无声响。正要关门，他瞥见门上有张记事贴，写着："请回电！"旁边写着一个手机号码。

U慢悠悠地走回厨房，打开一袋咖啡粉，拿过摩卡壶，倒水，填装，拧紧，放上灶台开火。昨夜他从外边回来时，已近凌晨，简单洗漱更衣，就一下躺到了床上，总算是完成一项委托了。

现在，他定睛看着记事贴，试图在打这个电话前，辨别出一些蛛丝马迹。淡紫色纸张，十厘米见方宽，黑色水笔字迹，0.5笔芯粗细。等摩卡壶叫嚣完毕，他给自己倒上一杯咖啡，润润嗓子，准备打电话时发现自己的手机早就没电了。U趁给手机充电时刷牙洗脸，看着镜子里的自己和昨天没有半点差别。

接电话的是一位女子，听声音像是四十岁左右。

"喂？"U谨慎地开口。

"喂？我是J的朋友。"电话那头的声音显得很急促。"你手机一直关机，我就让阿姨跑了一趟，但你家没人，就留下了电话。"

"有什么事？"

"我想……想请你帮我……调查一件事……"女子貌似有点犹豫，还夹杂着一丝忐忑。

"关于什么？"U问得十分冷漠。

"我老公近来有点反常，回家时间越来越晚。有时还夜不归宿，问他也不说。"

"然后呢？"

"我怀疑他是不是在外面有人。"她说这句话的语气既肯定又担心真有其事。

U停顿了片刻，回答道："我不办理此类业务，抱歉！"随后挂断了电话。

U经营的是一家咨询公司，只做三种业务：婚前调查、追讨债务和寻找宠物。任何有可能拆散婚姻和家庭的委托，一律不接。什么第三者、小情人、同性恋，问就是存在，不问就是没有。这种验证式的调查，大有人做，所以对U来说毫无意义，即便做了也不积德。

他的公司位于市中心一栋老旧的商住两用楼里，客厅作为办公室，卧室就是家。为避免不必要的麻烦，他名片上印的职业是"咨询师"，这多少都比"侦探"或者"调查员"看着叫人安心。

睡回笼觉的念头没了，U换上衣服就出了门。在楼下面馆点了一碗加蛋的雪菜肉丝面，等上面的间隙，他从夹克口袋中掏出笔记本，认真写起来。

"大侦探，面来咯！"老板亲手为他端上了一碗热腾腾的面条。

"这一大清早的，低调低调。"U腼腆地责备道，带着一脸满不在乎的神情。

"都是邻居，怕什么？说不定以后还要找你帮忙。对了，那只猫后来找到没？"

U点点头，说："客户门没关好，让猫偷溜了出去，我找了三天，最后发现它躲在隔壁小区地下车库的角落里。"

"找到就好。你说现在的年轻人养个宠物也不上心，还能做什么大事！"

U停下正要吃进嘴里的面条，说："猫主人是一对老夫妇。"说完便大口吃起来。面馆老板的话虽然逻辑不通，但也不是完全没有道理。

今天U要去面谈的是一项追款委托。这个年代，只有地下高利贷会采用电影里的那种暴力手段催讨个人债务，而发生在公司与公司、雇主与雇员之间的金钱纠纷，还得靠法律与取证，这就需要 U 这样的专业调查公司介入。

委托来自一家国资旅行社，他们去年承接了某家知名杂志社的出国团建活动。当时，即将成为母亲的负责人挺着大肚子把合同拿给 U，说在游玩俄罗斯的时候，他们虽然在一些细节上安排得不是很理想，但团建活动总体上相当愉快，只是对方迟迟都不打款。"刚开始领导也没把这当回事，后来催过几次，你看到现在都拖了将近一年的时间了，我们是国有企业，年底对账的要求很高，所以只能劳驾您出面。"U 在详细地了解情况之后，问她手头上是否有这本杂志。

临近中午，U 走入一家星巴克，拿出保温杯，要了一杯滴滤。他找了一个角落的位子坐下，开始翻阅杂志，怀旧的油墨味扑鼻而来，这真是一种久违了的感觉。他心想现在谁还会买纸质杂志？书报摊都已经不见踪影了。翻过大半本杂志，内容乏善可陈，但倒是有一个特别专题《安心宅家美食》引起了 U 的兴趣，照片和排版都很漂亮，供稿者来自世界各地，他边喝咖啡边细细阅读起来。

柏林人也爱吃回锅肉盖饭，金枪鱼水芹色拉看上去不错，好久没尝日式那不勒斯炒意面……U 想着还好自己早上吃得够饱，要不然这下肚子一定得抗议。腌渍蔬菜拌冷面，光是想一想，那酸酸的口感仿佛都已到了嘴边，不过这是哪里的做法？顺着页面往下看，印着一个笑容灿烂的日本女子的头像，名字叫 Ayumi。

Ayumi……好熟悉的名字，Ayumi……阿优米……凑近照片再仔细一看，U 像被电击似地直起身子：是她？

1

1995 年，U 刚读高一。住在家隔壁的老人去世之后，新邻居就搬了进来，听父母说他们是插队落户返乡的知青家庭。没过几天，U 发现他去上学的路上，身后总跟着个女孩，个子和他差不多高，但以前从没见过她。起先他没在意，年纪小也没想太多。直到有一天，他碰见那女孩在他们家共用的厨房洗苹果。当时他母亲刚回到家，对 U 说："这是 A，新搬来的邻居。"

此后，U 和 A 每天早上基本都一起上学，一前一后，但他俩相互之间不说话。放学回家也是一前一后，同样，相互之间也不说话。邻居之间熟络之后，交流就多了起来，一起做饭的时候，还会聊得笑出声。U经常在厨房看到A母，她和A一样是瘦高个。有一次在饭桌上听父母说起，A父在日本打工。

U从来都不知道A是哪个班的，直到有一天在操场上体育课，看见她在打篮球。他问朋友："这女孩是几年级的？"朋友说："好像是初三的吧。"原来如此，怪不得一进了学校A就不见踪影。U读的中学不是重点，占地面积却不小，家住附近的孩子基本上都在这里上学，他们中的大多数在初中毕业后继续在这所学校读高中。但初中部和高中部不在同一栋楼，所以除了上体育课，学生们之间基本上不会有什么交集。

学校边上有幢烂尾楼，隔着水泥墙，好多年没动静，空地上的杂草长得比人还高。U从小喜欢探险，自然就不会放过同学们常提的那个"鬼屋"，每逢周五放学早，他总会翻墙进去玩。有一次，他居然在里面撞见了A，他们两人都吓了一跳。

U问："你怎么在这里？"

A回:"你怎么在这里?"

之后便开始有一句没一句地聊起来,U带A参观了他的秘密基地,顺便向她炫耀起自己读过的侦探、悬疑小说。

A问:"你读过江户川乱步吗?"U摇摇头。

A问:"你读过横沟正史吗?"U摇摇头。

A问:"你读过松本清张吗?"U摇摇头。

这些名字他一个都没听过,因为在U的阅读世界里只有爱伦·坡、柯南道尔和阿加莎等欧美作家。A从书包里拿出一本叫《点与线》的书,说借给U看。直到多年以后,U才知道日本推理小说还分本格派和社会派,而松本清张正是社会派推理小说的开山鼻祖。

那天,他头一次近距离地观察A:耳朵大,鼻子很秀气,一双眼睛透着警觉。用现在的审美来说,就是古灵精怪,可并不是U喜欢的类型。

从那之后,每到周五,他们俩都会不约而同地翻进"鬼屋"玩,顺带喂养躲在附近的流浪猫。A喜欢找各种奇形怪状的石头,U则挖掘体积小的钢筋或铁条,然后把他们放进书包带回家给奶奶,因为她经常会在建筑工地捡废铁卖,补贴家用。

有一天,他们俩探完险,翻墙抄小道回家。但走到大路没几步,就被四五个人堵截了。

"你就是 U 吧?"其中那带头的黄毛一脸横相地问。

"是我。"U 偶尔也打群架,但从没碰到过一对五的情况,心里可比嘴上慌多了。

"这是你写的?"那黄毛从衬衫口袋里拿出一张信纸。

原来如此。U 那时正暗恋着一个高年级的女孩,上周给她写过一封情书。

黄毛走上来用手拍拍 U 的脸,说:"又写情书,又把小妹,你倒是很会啊!"

"她是我邻居,没她什么事。"U 尽力保持着冷静。

小流氓说自己从不为难女孩,便放 A 走了。

U 父是退伍军人,曾向他传授过一些防身之道:"如碰到以少敌多、万不得已要出手的情况,一定要找准那个带头的,然后死抓着不放。"黄毛见 A 走远之后,反手就抽了 U 一个巴掌。U 像伸缩的弹簧一样,正手还了他一个。

U 的后背狠狠地挨了一腿，他正好就扑在了黄毛身上。他本能地一把抱住黄毛，拖着他在地上翻滚。另外几人见这状况，都不敢轻易出手，怕伤及自己人。但 U 毕竟还在发育阶段，他的体格和力量与对方的差距甚远，所以没一会儿，就被黄毛踹开了。接下来就是被一顿围殴，他只能抱头蜷曲着身体防护。

"哎哟！"向他扑腾的拳脚突然停了下来，其中一人抱头蹲在地上，鲜血顺着他的手指往下滴。

U 在恍惚中看到 A 手里拿着一块石头，接着就被其中一个小流氓给推倒了。这时他不知道从哪里来的力气，再次把黄毛扑倒，抠住他的眼睛不放。惨叫声接连传来，其他人顾不上 A，全回过头来拉扯着 U，砸他头，踹他肋骨。

"住手！"学校看门大爷突然出现，喊道，"警察来了！"

小流氓们可压根不管，继续揍他们的，与此同时，黄毛嘴里叫出的绝望声愈加撕心裂肺。

后来，下班骑车经过的塑料厂几个工人合力才把这群人拉开。警察赶到时，U 还死抠着黄毛不放，双手满是血迹。而 A 则倒在地上，没有动静。

等U醒来，发现自己正躺在医院的病床上，父母说他是轻微脑震荡，断了三根肋骨，其他没什么事。他问："A怎么样？"母亲摇摇头，U瞪大了眼睛不敢说话，这时父亲才补充说没什么大碍，摔倒时脸磕到石头，右脸划开一道小口子，缝了五针。后来他从杂志上认出A，凭的正是这道疤痕。至于黄毛，眼球破裂，差一点就失明了。黄毛家里人问U的父母讨赔偿，警察也插进来说："虽是正当防卫，但也属于防卫过当，毕竟造成了对方二级伤残，应适当支付医疗费。"U父听后没怎么言语，等警察协调完，他径直走到黄毛的父母跟前，平静地向他们告诫："好好治疗，以后别让我碰着，不然见一次打一次。"

这话后来被U学了去。真正挑事的原来是他暗恋的那个女生J的同班同学（自然也喜欢J），他看到情书，就叫来他哥黄毛，说得给U一点颜色瞧瞧。U是校手球队的主力，从来不怵高年级，这事在后面很长一段时间里都没有结束，只要放学没什么事，U就去高二（一）班门口晃悠，别人都不敢碰他，连J都主动上门向他道歉。U只会淡淡地说："无所谓。"

这么一来，黄毛他弟干脆就不敢来上学了，U的父母被老师请到学校。校方的意思是，虽然没动手，但冷暴力威胁也不可取，要求U写个保证书，保证以后不去高年级骚扰同学。U父依旧没说话，U母点点头，U说："我保证。"

打架的事，A母从没责怪过U，只是从那件事之后A就不再跟U一起上学、一起回家。有一次，U在学校操场碰到A，便问她："伤口还疼吗？"她说了句"不疼"，然后反问，"上次借你的书看完了吗？"U说："不好意思，还没来得及看。"

但U忽然像是想起了什么似的，问她："对了，我还不知道你的名字。"

A转了一下眼珠，自豪地说："Ayumi，你可以叫我阿优米。"

正当这时，阳光在她脸上勾勒出一个小月牙的形状。

临近中考，U见A的机会变得越来越少。高一暑假，U跟J去宁波奉化的亲戚家玩，没想到等他回来时，A就已经搬走了。父母告诉U，A父的哥哥在日本做生意，事业有成，A家一直在办理移居东京的手续，正好赶上A初中毕业，就决定先去读语言学校,然后让她在日本上高中。

U很失落,连着几天都没吃好饭,更别说睡上安稳觉了。按他后来的话说就是:"脑子里没有J,想的全是A。"而A留下的,只有那本还没来得及还的书《点与线》。

2

旅行社的委托很快就得到了解决。这里需要提及的是U的团队里的另外两位"兼职"成员,他们三个相识于一个废墟探险俱乐部,R在银行信用中心上班,P在高级餐厅做侍酒师。一有项目,他们仨就在一起详细计划、明确分工,最后按照项目收入总额按比例提成。

R查了一下杂志社近期的支出明细,发现除去必要的办公室租金和人员工资等基础开销之外,还有大笔款项转向不同的影视制作公司、摄影公司和经纪公司。P通过个人关系对其中的一些合同进行了审阅,发现签订日期与付款周期都比和旅行社的合同晚。U获得这些证据后,发邮件给杂志社的法务部,并详细说明了情况。他对杂志社在付款上的轻重缓急略有所知，这得多亏做媒体广告的前女友J，他们以前在一起的时候她没少抱怨过这方面的问题。

某天上午，由法务牵头，U和杂志社出版人约好见面商解此事。出版人说，这件事他们确实很不好意思。并表示，之所以迟迟没有付账，是因为俄罗斯团建的费用绝大部分来自某品牌的赞助，而赞助合同中涉及的打包视频拍摄仍在后期制作中，所以他们还未收到赞助的款项。U很理解公司之间这种交换资源的合作模式（本质上就是三角债）。他建议一切以杂志社的名誉为先，如果还未收到的这笔款项中有可以暂缓或者与收款方有长期合作的，不如先从现金流中抽调，结清旅行社费用，毕竟国资企业的合同效力在法庭上更具说服力。出版人大致明白了U的话中之意，所以答应他一定会在本周内解决。临走前，U说他自己很喜欢他们杂志做的内容，还向主编打听到了负责某期专题《安心宅家美食》的编辑。

夜里，U团队里的仨人聚在公司庆祝。P刚下班，带了瓶KAVALAN威士忌，R顺利哄好老婆和孩子。说完工作，U把A的事告诉了他们。

"这么巧？"R面带惊讶的神情把打包好的烤串摆上了桌。

P从冰箱取出冰块，拿来三个玻璃杯，动作熟练地像在自己家一样："难不成你想去找她，找回真正的初恋？"

U说他倒完全没想过这一点，只想先联系试试看。

"她现在人在哪儿？"P拔开瓶塞，倒了三杯，示意需要冰块的自己加。

U拿出杂志，翻到有腌渍蔬菜拌冷面的那一页。

R凑过来看，结结巴巴地念道："O…KI…NA…WA，是哪里？"

"冲绳？"P拿起酒杯开始纯饮起来。

R正准备往酒杯里夹冰块，U提醒他说："57.8度的雪莉桶，年产499瓶，别糟蹋酒啊。"

等散席之后，U走到窗前，盯着眼前这座向远方无止境延伸的都市。十分钟后，他打开了自己的笔记本电脑，飞快地敲击键盘，发出一封邮件。

一周过去，U的邮箱里除了工作邮件，只剩亚马逊商品推荐和垃圾广告。因为一桩耗精力且棘手的婚前财产调查，U 也根本没顾得上再想这粒在心底埋藏了二十年的感情种子。

这件婚前财产调查的委托人是一位优雅的上海女士，五十岁出头，保养得很好。先生在两年前因心肌梗死不幸离世，子女都在欧洲读书。她在浙江拥有一家大型服饰加工厂，订单多数来自日本潮牌。去年在东京出差时，她结识了一名华裔男子，和他情投意合。该男子四十六岁，在日本开办烹饪学校，教家庭主妇做中华料理和西式简餐。目前的婚姻状态是离异，有一个女儿，跟随日籍母亲生活。

两人之间的感情发展得很快，有了结婚的打算。但上海女士毕竟头脑清醒，即使深陷爱情旋涡，也不忘保护自己的家族和孩子。于是她委托 U 调查华裔男子在日的资产情况，以及国内外婚姻状况和亲属关系，并准备做婚前财产公证。

U 奔走于上海和福建两地，基本理清了华裔男子的亲属关系：父母已经不在，漳州老家只剩一些远房亲戚。那名华裔男子十八岁就跟随同乡去日本打工，三十岁娶了来自新潟的日本太太，三十三岁加入日本国籍，四十一岁离婚。他还有一个十八岁的表弟，在厦门读大学。调查过程中，有些街坊闲语碎嘴地说，他那个表弟其实是他的私生子。

在此期间，U抽空联系到了负责那篇美食专题的杂志编辑，他想知道电子邮箱之外，可有A的其他联系方式。编辑回复说他最早是在instagram发现Ayumi分享的自制美食照片的。U通过软件马上就找到了她。这个账号开启于五年前，头像和杂志上的一样，内容都是关于食物的，没有一张私人照片或合影。个人介绍里写着：Model / Tokyo / enjoy my food / www.tkymagency.co.jp / ayumi@yahoo.co.jp。邮箱没错。U点开留在上面的网址，是一家模特演艺经纪公司，上面有详细的联系方式，包括地址、电话和传真。奇怪的是，他并没有在显示的模特们中间找到Ayumi。而她的instagram的更新日期则停留在两个月前。

上海女士对U在第一阶段收集到的信息很满意，希望U能前往日本展开进一步调查。由于客户全额承担差旅费用，U便决定带上P一同前往，一来多个帮手，二来她学过日语，交流上不会有障碍。R也想去，但银行实施严格的坐班制，表示只能在后方提供协助，审查男子的资金账户了。

P在飞机上提出了一种假设：会不会这个Ayumi压根就

不存在？只不过这个账号的经营者用了一张脸上有疤女孩的照片，而这个女孩恰好和A有点像，毕竟二十年没见，记忆也会有偏差。况且在日本，叫Ayumi的女孩可真的不少，比如歌星滨崎步就叫Ayumi Hamasaki。U吃着日航精致的飞机餐便当，说："也不是没有这种可能。但我至少还有模特经纪公司的地址，等忙完工作之后，去拜访一下就清楚了。"

华裔男子的烹饪学校开在高楼林立的麻布，说是学校，其实就是日本常见的料理教室。招收的学生主要是住在周边的富太太们，她们一方面想提高厨艺，给孩子做美味的爱心便当；另一方面，也为能借此相互攀比来打发时间。而他自己租住的公寓在中目黑。U和P两人决定分头行动，P住在烹饪学校附近的酒店，U则在华裔男子住的公寓旁找了家小旅馆，从房间的窗户就可以看到他进出的行迹，那楼下还有一家中华料理店。

华裔男子的作息非常规律，他在学校上课的时间为周一至周五，10:00—12:00一节课，13:00—15:00一节课。课程安排的时间正好对上日本主妇的空闲时间：做好早餐送先生和孩子出门后，下午接送小孩准备晚饭前。选课机制也相对灵活，通常每周上两到三节课，学生每次可以根据自己的时间选择上午或下午。P在来东京之前，已经通过网站申请了这所学校的课程，假扮即将嫁给日本人的上海女孩。

华裔男子一头白发，看着年轻时没少受苦。他个头有一米八，腰板挺拔，面相正气，眼神坚定，相信这副模样也是他的学校深受富太太们喜欢的原因之一。P在一星期内上了三节课，尽量装出一副笨手笨脚的样子，毕竟她是认证侍酒师，熟谙烹饪和料理之道。华裔男子对所有学生都一视同仁，保持非常礼貌的距离，从不乱开玩笑。尽管知道P现在在日本的情况和自己当年的很相似，却也没有表现得过度关心。后来他说："要给年轻人足够的尊重，你们一定比那时候的我们强。"周五晚上，P问他愿不愿意出去喝一杯，自己家里临时有事不能再在这里继续上课了。华裔男子很吃惊，但没有拒绝她的邀请，便带她去了自己经常光顾的高级居酒屋。

等两盅清酒下肚，男子便释然地说起自己在日本的生活，因为他娶过日本太太，而P马上又要嫁给日本人了，他俩之间的沟通可能会有相似的语境。他说自己和前妻在思维模式和做事方式上有很大差异，再加上前妻家族施加的无形压力，以及日复一日毫无创造性的生活，让他倍感厌倦。与此同时，自己也错过了开餐厅的最佳时机。P问他就没想过回国吗？他说不可能，自己归化日籍，习惯都已经彻底改变，加上国内几乎也没什么亲人了。P又问他难道不打算再结婚？他说自己正与人交往，有结婚的打算，不过这也要看最后的缘分。

这番谈话之后，P对华裔男子做出的总体评价是：没有被岁月击败，深藏不露。U说这几个字很厉害，但他发现了一些问题。P说轻微酗酒肯定是一项。U点点头，接着说上周六他们到东京的那天，以及这周六，华裔男子都会去夜总会找女孩陪酒，两次找的还不是同一个人。P说这只能证明他不是个同性恋。U表示同意，然后说华裔男子开的阿尔法罗密欧Duetto Spider老款敞篷车价格不菲，跟《毕业生》里的款式很像，应该是二十世纪六七十年代出品。P感叹那男子的品味不俗，但即使在日本打拼这么多年，靠自己的收入真能应付得过来吗？U摇摇头，觉得这中间还有几个经不住推敲的地方：

1. 假设华裔男子的消费观念相当超前，即不买房产先购置豪车，但这种享乐主义又不太符合从小来日本打工、勤勤恳恳创办烹饪学校的人设，而更像是富家公子哥的做派。

2. 麻布是东京首屈一指的富人区，隐形富豪众多，富太太们一般都选择去相对私密、采取会籍制的场所，但她们竟被他的烹饪学校吸引。而且P作为一个"外来者"，竟能轻松地申请到学校课程。

3. 他的生活过于规律，几乎没什么朋友。照理说他在日本生活了这么长时间，多少应该有一些朋友，难道他是不想再与自己的过去有什么瓜葛？

P听完觉得很有道理，建议不如趁周日他俩一起去新潟见见他的前妻。U说这倒是个好主意，拜访就以追查男子在中国投资的资金来源为由。从上野站出发，坐两个半小时新干线，便能到达新潟市。U在列车上开始恶补和投资保险相关的知识，虽然他毕业于政法大学，但早把这些内容忘光了。

华裔男子的前妻住在新潟市区，下了新干线，打车二十分钟就到。那是一座闹中取静的老宅，门口铭牌上刻着泉田的姓氏。按过门铃等了片刻，一位身材矮小的女士打开了大门。她穿着得体，只是面容有些憔悴。

P为打扰到她深感抱歉，礼貌地问："请问泉田绘理女士在家吗？"

"我就是。"女士没想到会有陌生人来找她，便问，"有什么事吗？"

P简短地说明了自己的拜访目的，由于这次来日本出差的时间紧张，来不及事先告知。U在一旁连连鞠躬。

泉田女士请他们进屋，并告知一小时后自己要出门去医院。她家的宅子很大，进门就有一处百来平方米的庭院，修饰有致。客厅是西式布局，摆有真皮沙发和玻璃茶几，她泡了两杯茶端给陌生访客。

她说自己与华裔男子已经没什么关系了，只因为女儿的赡养费才联系一下。她父亲更是下令将此人逐出家族名册，所以婚姻一结束，他就不能再使用妻家姓氏。P尝试着问了问当年离婚的原因，泉田女士笑笑，表示如果这关系到资本追溯的话自己回答也无妨："因为他婚内出轨，在六本木某家餐厅担任副主厨时，勾搭上一位有钱太太。"

"是日本人？还是中国人？"

女士摇摇头，说不方便透露他人隐私。离婚后，华裔男子在那位有钱太太的资助下，在赤坂开了家餐厅，但最终因经营不善，才开一年多就歇业倒闭了。也正因为生意上闹得不愉快，有钱太太也与他彻底闹掰。

U 插嘴问了一句："您前夫开什么车？"泉田女士说他以前开的一直是家里的雷克萨斯 SUV，这辆车现在是她自己在用。离婚后，他们卖掉了东京的公寓，前夫虽然是过错的一方，但也获得了一笔可观的财产。说这些话时，看得出她对这段长达十年的婚姻感到非常懊悔。

了解了这些大致情况后，U 和 P 起身告辞，并再次表示抱歉打扰。泉田女士说："我是抱着'不要让他再伤害他人的目的'才进行今天的谈话的。当时，我们家族也聘请了私家侦探做资产保护，也希望你们能理解我的处境。"

U 再次对她深深地鞠了一躬。

回东京的新干线上，P 对 U 佩服得不行，因为 U 的疑点基本全中。这时候 R 突然发来一条微信，是华裔男子那辆阿尔法罗密欧敞篷车的交易记录，记录显示这款车在日本一共有十七台，出厂年份上略有差别，但都是在二十世纪六七十年代出品，而且在东京上牌的只有一辆，车牌号是品川500 4649，成交时间是2013年。U马上打开手机相册，照片里的车牌果然是这个。R说交易记录里留下的车主名是长川美奈子。U和P两人这下陷入了沉思，默默整理出了一条与华裔男子相关的时间线，记下了与之相关的关键事件：

2010年 与泉田绘理离婚；

?—2012年 与有钱太太交往，合开餐厅，倒闭后闹掰；

2013年 老款敞篷车、长川美奈子、创办烹饪学校；

2015年 与上海女士结识，交往至今。

那么，华裔男子口中说的有计划结婚，是和上海女士，还是和其他人？

回到旅馆，U整理完这个星期的调查报告，将它以电子邮件的方式发给上海女士，并询问是否还要继续查下去。冲完澡正准备下楼吃饭，U便收到回信："情况清楚，到此为止。"尽管早已习惯这种结局，但他还是叹了口气。

打开中华料理店的门，华裔男子正在和一位女子吃饭，从背影判断，那女子的岁数应该不小，椅子上放着一个

Goyard拎包。U找了个空位坐下，点了韭菜炒鸡蛋和中华冷面。

3

周一，P赶早班飞机回上海，U决定继续留在东京，打算了却心愿。便利店的饭团和罐装咖啡下肚后，他坐上地铁前往涩谷。十点半，模特经纪公司里已经人头攒动，U向前台询问Ayumi的信息，接待员穿搭得很时髦，英语也不差，解释说公司模特太多，自己也不是全都认识，但负责女模的经纪人这会儿正好在，大概半小时后有空，U要不介意的话可以留下名片，在接待室等候。U在接待室里翻着杂志架上的杂志，男装、女装、家居、汽车和美食杂志琳琅满目，心想日本还是保留了阅读传统，纸媒依旧还有大量受众。

这时敲门声响起，一位高个女子进来向他打招呼，手里拿着几张模特卡。U说了声"抱歉打扰"，便从包里拿出杂志，翻到《安心宅家美食》那一页，指指照片中的女孩。

"Ayumi的厨艺还是那么棒！"经纪人会心一笑，然后把手里的一张模特卡递给 U，转而问，"请问您是想要找她拍什么？"

卡片正面是一张肖像照，光影之下的面容显得立体而冷峻，目光犀利，大耳朵、俏鼻子，嘴角边上有个月牙儿形的疤痕。反面则是九张写真照，室内和室外，面部兼有灿烂微笑和沉思默想的表情。卡片下方的空白处用英语和汉字写着：Ayumi 新垣亚由美。

U 盯着这张模特卡上有点熟悉但多半陌生的人像，编出了一个非常稳妥的理由："我有一个客户，是上海的一家食品公司，一直与东京的企业有技术合作，委托我找一下杂志里的这位女子。他们计划拍摄一本产品宣传册，想聘请一位气质与他们产品的调性相符的女模。"

经纪人的目光里透着对那家企业品位的肯定，说 Ayumi 是公司签约多年的兼职模特，但两个月前，她突然搬离了东京，都没来得及与公司续约。U 说这也是他今天来这里的原因之一，他也没在网站上找到她。经纪人点点头，表示确实可惜，像她这样气质的女子在东京可不多见，而且愿意找她合作的品牌客户也很固定，比如电子产品、美容药妆和美食杂志等。

她说的是一口很地道的英语，像在国外待过似的。U 在心里念叨着这个日文名字，想 A 应该早都嫁人了吧。他还不想就此作罢，便追问有没有可能帮忙联系一下，因为实在觉得 Ayumi 是合作的不二人选。

经纪人看着有些犹豫，看了眼手表，说会想办法，并给他递了一张名片。

道谢告辞后，U 走出模特经纪公司，一拐弯便淹没在了涩谷涌动的人潮中。

到底是不是她呢？

回到旅馆收拾行李的过程中，他忽然灵机一动。立刻给母亲拨去电话，问她是否还有当年邻居的联系方式。U 母说都过去二十多年了，哪还有什么联系方式。U 便追问了一句："房东应该有的吧？"U 母说："哪里去找房东，房子应该早就已经卖掉了。"U 想想也是，没想到自己一着急就失去了判断力。U 母在电话那头埋怨起来："你最近在忙什么？连续两个周末都不回家吃饭。"

"我在日本出差，有个项目想找个当地人帮忙，就想起小时候的邻居,不是说他们移居东京了嘛。"U随口一答。

电话那头忽然没了动静,怎么话说到一半就走了?U母的声音再次传来:"等等,你上大学时,那家人曾寄来过一封信,是让你爸帮忙转交注销户口的材料。"

"那信上面有地址吗?"

"你爸正在找呢。"

"怎么不早说!"U其实在怪自己怎么没想到,"对了,他们家的人叫什么名字你们还记得吗?"

"让我想想,那时我们关系还挺好的,要不是因为你们打架……"

"行行,我先忙了,你要是想起来记得发信息给我。"

"好,好,在国外注意安全!"

U买了张下午回上海的机票,当他刚乘上机场快线时,他母亲发来一条语音信息:

"我们那老邻居叫叶梅,就是和我一起在厨房做饭的那位阿姨,她当时在百货商店上班,做售货员。我印象里没问过她她老公和女儿的名字。对了,你爸把信找出来了。等等啊,帮你拍照发过去。都这么久了,也不知道人家还记不记得我们……"

五分钟后，U收到了图片。尽管信封已经发黄泛旧，但那上面的字迹却依然清晰可见，地址写的是千叶县的一个门牌号，寄件人叫新垣爱国。U恍然大悟，赶紧给P发去了一条消息。

通过谷歌地图导航，U换乘都营新宿线前往本八幡，他总有种预感，觉得自己离Ayumi很近，她没准就在和他擦肩而过的那部地铁上。他也不是没想过冒充Ayumi的兄长或老同学的身份索要她的联系方式，但经纪公司又凭什么给他呢？没有任何东西可以证明他的身份，连一张他们读书时拍的合影都没有。他拿出模特卡，盯着那上面的照片，想再找找是否还有什么被忽略的信息，但越发地对照片中的女子感到陌生了起来。

这时P回消息过来说：查了一下，没想到新垣这个姓氏竟然是中国的复姓，虽然已在国内罕见，但在日本冲绳还有很多人在用，当红女星新垣结衣便来自那霸。此外，日文平假名あゆみ（Ayumi）翻成汉字，也有十来种写法，包括"步美""天弓""爱海"等，而"亚由美"只是其中之一。

还有一种叫法是"步见",P觉得A更适合叫新垣步见,"步见"就等于"不见",就是不想见U的意思。

从本八幡出站,沿途的商店鳞次栉比,由于还没到下班时间,在街上购物的只有主妇们。U买了两盒大福,接着朝南步行十五分钟,拐入位于小河边的一片住宅区,就到了信封上的那个邮寄地址所在地。那是一栋标准的日式独栋住宅,看上去虽然有些年头,却很整洁,门口还摆着各种植物花草盆栽。铭牌上写着的的确是那个姓氏:新垣。

U站在门前,拍了拍自己的脸颊,想辨认这是现实还是梦境,自己为什么又会站在这里。回过神之后,他摁下了门铃。

开门的是一位高个瘦削的女士。

U心里的石头一下落了地,边鞠躬边说道:"叶阿姨,你好!"

女士吃惊地看着他,没说话。

"我是U,读高中时我们曾是邻居,上海浦东塘桥文建中学。"

"哦……哦……"女士还是没太弄明白这是怎么回事儿。

"您是叶梅阿姨吧？您先生是新垣爱国，您女儿是 A，她因为以前帮我打过架，脸上落了疤。"

"是，是，我想起来了。"叶梅讲起了上海话，"侬哪能来了？"

U 当然不能直接说自己是找 A 来的，便说："我来东京出差，爸妈托我来看望看望老邻居。"U 边说边提了提手上的纸袋。

"哎呀，"叶梅赶紧招呼着把 U 请进家门，"快，快进来。"

U 坐在红木沙发上，四下张望着这个属于 A 的世界。中式五斗橱、四方桌、靠背椅、中式挂历、如意镂花顶角装饰，以及客厅壁龛里摆放着的一尊弥勒佛，从家具和摆件一下就能判断出这是年长的华人家庭的家。

叶梅端来一壶刚泡的茶，问："侬哪能寻到这里的？"

U 掏出手机给她看母亲发来的信笺照片。

"哦哟！你爸妈还保留着啊，那时候多亏他们帮忙，我们在上海也没什么亲戚。"叶梅想起了十几年前的这桩事情。

"A 现在还好吗？"U 直接问起来。

"你还记得她啊？"叶梅把大福从纸袋里拿出来，脸上露出满意的笑容。

U从包里拿出杂志,翻到贴着标签的那一页,说:"我之前在杂志上看到她在冲绳。"

"啊?"叶梅感觉像没听明白似的,从桌上拿起一副老花眼镜戴上,凑近了看杂志上的那张照片。顿了片刻,她说出了一个出乎U意料之外的答案:

"这不是我女儿。"

叶梅接着陷入了自己的回忆中:当年她作为上海知青,插队落户被分配到江西省宁都县,在那里认识了从福建招工到生产队的新垣爱国,他俩互相看对了眼,就顺理成章地谈起恋爱、结了婚。爱国的哥哥早年就去了日本打工、做生意,这种事情放到以前都不敢说,怕因此受到什么牵连。下乡结束后,爱国作为他哥在国内的唯一亲属先去了日本,叶梅和女儿A则搬回上海,暂时挤住在父母家。之后的三年,她和A都在学日语,为移民做准备,因为满足条件就可以申请在日家族滞在签证。尽管九十年代去日本打工的上海人不少,但还是会遭到异样的眼光。A因为自己的名字,在原来的学校引发过一些事端,性格也随之变得越来越孤僻,幸好那时爱国在日本挣了点钱,他们母女俩索性就从她父母家搬了出去,在外面借房子住,这才成了住 U 家隔壁的邻居。转学之后,A 改跟叶梅姓,还特地托关系改了身份证。

"现在回想起来,还是知青那代人有文化,知道'新垣''欧阳'其实和'端木'一样,都是复姓。后来我们还开玩笑说,金庸怎么不把'新垣'这个姓氏写进武侠小说呢。"

"那 A 的名字是叫あゆみ あらがき(Ayumi Aragaki)吧?"U 只能抓住手中仅剩的一条线索问她了。

"对的,写成汉字就是新垣遥步。"叶梅拿了只笔写下这四个字,"中学时,她没告诉过你?当时她在你们学校注册的名字是叶遥步。她出生后,外公希望她日后能扶摇直上、平步青云,才取了'遥步'这个名字。"

U 恍然大悟,把 P 的短信又看了一遍,暗自想:什么"不见",明明是"遥步"。他又从包里拿出那张模特卡,指了指那脸上的印记。

叶梅注视着手里的这张陌生人的照片,像是突然想起了什么似地笑出声来:"这个可真是巧了,Ayumi Aragaki 翻译成汉字的确也叫新垣亚由美。但我女儿脸上的那块疤……我们到了日本就去医院把它给修掉了。"

"她现在结婚了吗？"U有点垂头丧气地问道。

"那就该叫山本遥步了。"叶梅抬起头看着眼前这位上海来客，忍着笑问道，"你当时喜欢她啊？"

U低下头尴尬地笑了起来，情不自禁地拿手挠耳根。

叶梅说当年他们打架出事后，她问女儿为什么不先跑回家叫大人，A说怕来不及回去救U。"她说她喜欢你，我就说'小孩子不要想这些'，反正早晚要分开，就禁止她再和你有来往。"

U不知该说什么好，就任由思绪飘荡在记忆中。

后来那天晚上，U和A徜徉在浅草寺。

A问："我那本书还在你那儿吗？"

U拍拍自己的包，说："1980年群众出版社出版的第一版中译本。"

A满意地点点头，然后讲起了自己的名字："漫画《名侦探柯南》里有个小女孩叫吉田步美 Ayumi Yoshida，她是少年侦探团里的一员,而自己的名字'遥步'在日语平假名中也念Ayumi,这是我当年学日语时最大的发现,而这个秘密只告诉过你。"

记忆的确会产生偏差。U不禁感叹,世界上能被称作"巧合"的事情根本就没几件,只不过这次是被自己歪打正着了而已。

出于职业习惯,他问起A认不认识在麻布开烹饪学校的白发华裔男子。

A把一只手放到已经没有伤疤的脸颊上,露出一副正在积极推理的样子,语气非常肯定地说:"不认识。"

感性　与　理性

X阅人无数。他拒绝逢场作戏,曾凭敏锐的嗅觉发掘过不少好苗子,却又时常在最后把自己也赔进去,结果折腾到现在都还是个单身汉。

H擅长找人。她精于资源配对,信奉人的本性就是追逐自我利益,因此生活得过于冷静而寡淡,始终没有找到必须结婚的理由。

可能是神仙作乐,让X和H在一间酒吧相亲。灯光幽暗,过于明亮的只有目光和酒杯。

1 /

X："喝什么？"

H："威士忌。"

X 起身去吧台为她要酒，同时也给自己点了杯波本。

接过酒杯，H 客气地说了声"谢谢！"

X 举杯，自行喝下一口。

H 还想着白天的事，所以只是下意识地举了一下杯，没有太专注。

X 没打扰 H，平静地看着她，她面相温和，牙白唇红，下巴圆润，在靠近耳根处有颗痣，头发与肩齐长，身形偏瘦。

H 一下子回过神说："你是做影视方面的工作的？"

"只是参与帮忙选角而已。"X 实话实说。

"就没什么人让你心动过？"H 好奇心一起，便把工作的事放到了一边。

"啊？"X 有点不确定她到底想说什么。

H 笑笑，不在乎 X 装傻与否。

"你呢？没遇见过合适的？"X 问。

"我刚和'女朋友'分的手。"H抖了个包袱。

"所以你是男的女的都可以咯？"X盯着她的手指，喝下第二口酒。

"嗯，"H把手换了个地方，说，"只要不麻烦，我都可以。"

"麻烦？"

"就是黏人，像宠物一样。"H用左手把脸右侧的头发捋到肩后，尝了一口杯里的酒，微笑着说，"男人喝威士忌喝到后来怎么都喜欢泥煤味的？"

"你不喜欢？"X纯粹是按照自己的喜好给H点的酒，并没有想太多。

"我挺喜欢喝的，村上春树的那本书《如果我们的语言是威士忌》写的就是艾莱岛上的酒厂。"

"原来如此，"X听说过这本书，但完全不知道它和苏格兰威士忌有关，"喜欢泥煤味可能是觉得给劲吧，有种被海风携带着的自然气息。"

"你喜欢海吗？"H接着话茬问。

"我怕水，所以更喜欢山。"X不会游泳。

"所以才喝波本？"H好像慢慢找回了一点工作的感觉，用下巴指了指X的酒杯。

"是啊，"X晃了晃杯中的酒液，"波本更有质感，喝起来不麻烦。"

"麻烦？"

"口粮酒，容易买，可以随便喝。"

"这是酗酒的意思？"

"只是喜欢喝，"X坦诚地说，"但我从不依赖酒精。"

"肝也没有问题？"H开始像主治医生询问病人情况一样问起X。

"轻度脂肪肝有些年了。"X则像病人回答医生的问题一样回答。

"你看上去有点累。"H看着眼前的这个中年人，他身形像一座山，长了一张国字脸，眼睛紧跟着长在眉毛下面，胡子拉碴的，遮住了一部分嘴唇，但英气犹存。

"最近有几部戏在要人，急得很。"X用手抹了抹被H说中的眼袋，动作看着像在涂眼霜。

"你一般去哪里找人？"酒下得有点快，H手里的杯子已在不知不觉间见了底。

"戏剧学院、经纪公司,也在网上招募群众演员。"X起身,想给眼前的这位女士再点一杯。

H立马伸手示意这轮让她来,随机就从吧台拿回一瓶"水牛足迹"波本。

"有什么好玩的事能说来听听的?"她拔开瓶塞,准备倒酒。

X先把自己杯子里剩下的酒一口饮尽。虽然他俩才说了几句话,但他喜欢这种聊天的氛围。想着有些事就算跟她说也没关系,毕竟不是同一个圈子里的人,而且说不定以后再也不会相见。

他接过倒满的酒杯,说:"有位导演要拍一部文艺片,想找个女孩,既不能长得像演员,身上还要有些世俗的媚态,同时还愿意裸体出镜拍床戏。"

H浅浅地笑了一下,品着杯里的酒,听X继续往下说。

"那导演有想法,但没预算,还对演技非常挑剔。但我比较看好他,觉得值得一试。于是,当晚我就去找了小宝。"

"小宝是演员?"H插了一句,问道。

"是个按摩技师，"X摇头回答，没见不好意思地说，"也算是我交往多年的朋友。从她刚开始做这行起，我就认识她了。有时候出差回来觉得身体疲乏，就去找她松快一下。她话不多，手艺很好。"

H似乎听懂了X的意思，点了点头。

"那晚，我刚躺上按摩床就对小宝说：'有件事不知道你感不感兴趣？'小宝听完我的话，笑而不语。为了让她放心，我向她保证拍的不是色情片和爱情动作片，是正儿八经的文艺片，只需要裸露身体，正常发挥就好。

"小宝说自己没想过拍戏，万一被家里人看到，岂不要羞死。我说这种文艺片，看的人不多，加上灯光和妆容效果，没人能认出是熟人。她又开始犹豫能否请出假，说自己万一演不好之类的。我就说：'今晚给你充五千的卡，另外再补误工费。'"

"结果呢？"H想直接跳过后面的那些细节。

"她简直是天生的戏精，未经雕琢，毫不做作，现场表现把导演和整个剧组都给镇住了。"X得意地拿起酒杯。

"所以她现在改行做演员了？"H觉得这件事简直叫人

不可思议。

X压低了声音，说："嫁给导演了。"

"扑哧"一声，H笑了出来。

这事X从没跟别人说过，今天是头一回。

H佩服地说："你也太厉害了。"

"你是做什么的？"X来之前并未被告知H的职业。

"和你一样，我也做找人的事，"她停顿片刻，眼睛亮了一下，说，"只不过，我每找到一个人，就有一份钱拿。"

X再次打量了一番H，猜道："是画廊经纪人？"

H对这个答案感到意外，随即问道："怎么说？"

"你身上穿的每件衣服，剪裁都很讲究，"X用拿着酒杯的手比画了一下自己夹克领子的线条，继续说，"还戴着Tasaki的珍珠耳环。"

H满意地点了点头，告诉X："是猎头。"

X感到意外，"就是电视剧《猎场》里的那种猎头？"

"差不多，"H用左手捋了一下脸右侧的头发，露出耳环，这好像是她的一个习惯动作，"但实际上比电视剧里的有趣。"

X忽然被钓起了胃口，微微探过身子说："不介意的话，可否展开讲讲？"

"大学毕业后，我就一直在时尚媒体的人事部上班，后来公司效益不行了，就想着要不要跳槽做猎头试试看。对刚开始接到的那些委托，我只会从原有的关系网里找人，但因为行业跨度较大，几乎就没成过，所以只能拿着基本工资过日子。后来前东家人事部的老领导给我打电话，说自己要去其他公司高就，如果有合适的替代人选，记得告诉她。当时我所在的猎头公司，虽然有风投融资，但工作压力相当大，收入也不高。我部门的直属上司是个四十多岁的上海男人，老婆身体不好，在家休息，女儿读高中。看他每天都是最早进最晚离开的，我就在吃午饭时问了他一句要不要换个工作试试。"

X帮她把话接了下去，说："所以你在猎头公司的领导就接替了你前东家领导的职位？"

"没错，而且工资翻了两倍，"H用手比画出了个V字，"没过多久，我就坐上了那个空出来的职位。"

X觉得这件事有巧合的因素在里面，但也不至于说有多精彩，问："就这样？"

H不急不缓地说："可能是换了个环境，我原先的直属男上司被激发出了潜能，结果就越做越好。后来又被我推荐去了另外一家数字媒体公司，一直做到了亚太区人力总监。"

X这才明白她前面做的那手势的意思：她在同一个人身上赚了两笔佣金。

"她女儿大学毕业后，到我公司实习，现在是我最得力的干将。"H满意地喝着酒。

X点点头，但总觉还得少了点什么。

H歪头看着X的反应，缓缓地说道："去年我和男友分了手，状态不佳，有好几天没去上班，那时就是她来照顾我的。"

X许久没说话，然后问："她就是你提到的那个刚分手的'女朋友'？"

H咂咂嘴吧，说："我还是喜欢男人的。"

"前男友不麻烦？"X喝着酒问道。

"他跟小区遛狗的邻居好上了。"

原来"跟宠物一样黏人"是这个意思，X默默地想了一会儿开口说道:"爱情太短,遗忘太长。"

"我喜欢这句话。"H说。

"聂鲁达写的。"X没有隐瞒这话的出处。

"你还喜欢哪位诗人?"

"阿多尼斯。"

"他写过什么?"

"'孤独是一座花园,其中只有一棵树。'"

"不得了。"H得意地喝着酒,好像这句诗是她写的似的。

献丑完毕,X觉得自己应该发起反问,便问道:"你可有什么喜欢的作家?"

H说:"有一些,比如老舍、博尔赫斯。"

"你读过《断魂枪》吗?"

"沙子龙。"H一开口就说出了这部短篇小说中的人物。

"本来是有个导演想拍成电影的,但无奈原著版权买不下来。"X参与过电影的前期角色策划。

"不传。"老舍想讲的,被H一语道破。

X觉得坐在自己对面的这个女人变得越来越有意思。她讲故事时,嘴唇和牙齿配合得很默契。

他说:"但只要条件具备了,什么都好说。"

"'时间永远分叉,通向无数未来。'"H 引用《小径分岔的花园》中的一句话,继续说,"有些小说还是不拍成电影的好。"

"作家构建的思想空间会全被眼见为实的视觉画面破坏掉。"X 阐述着自己的见解。

H 表示赞赏地向 X 举杯,没想到这个男人能有这番觉悟。

"除非工作需要,我很少读小说,因为太具象,有些人物被刻画得毫无反驳之力,"X 说,"诗歌就不一样,很感性,很抽象,根本没有边界的约束。"

"抽象的水平越高,离人类的现实也就越远。"H 想起葡萄牙作家萨拉马戈的观点,这是她参加人才培训时学到的东西,旨在劝诫猎头一定要抓住根本,但也别忘记带上些许情怀。但她没把这些说出来。

X 感性得上头,想换个地方,干喝肯塔基波本就有点辣,便问:"要不要去吃点东西?"

"饿了?"H 问。

"脂肪肝。"X 揉了揉肚子。

2 /

两个人并肩走在石砖路上，梧桐树影摇曳，为夜晚增添了几分不确定性。

"你是学什么专业的？"X问。

"历史。"H答。

"真是看不出，"X说，"你看起来像读经济学的。"

"其实差不多，这两门学科之间有很强烈的相似性。"H没有胡说。

"猎头的窍门是什么？"X的确很想知道。

"资源配对，"H说完看了一眼X，说，"其实和你的一样。"

X迎着她的目光点点头，心想：虽然它俩在本质上差不多，但从内容和过程上讲应该完全不同。

H似乎看出他在琢磨，说："你们应该还有一层艺术的窗户纸，但公司和人之间只存在金钱利益关系。"

"怎么讲？"

"可以把猎头当作侦探，完全设身处地地去思考双方的立场和需求，而不是把自己想象成敌人那么简单。"这时突然从角落里窜出一只猫，H没在意，继续说，"对于企业来说，追逐效益是首位；而对于个人，追求金钱是重心。"

"听上去不难理解，"X似懂非懂，继续问道，"那你有没有失败过？"

"偶尔会，"H顿了顿，忽然想起今天一直在惦记的事，说，"最近有个人倒是怎么也挖不动。"

"是不在乎金钱利益的那种人？"X问。

"他的确不缺钱，但也背有几百万的房贷。"H说。

"那就是做得很舒服，不愿意换。"X分析道。

"是怕麻烦吗？"H明知故问。

"人都有自己的舒适圈吧。"X的回答乏善可陈。

"通常是因为和某个他在乎的人有关，才会出现这种情况。"H似乎很清楚原因究竟是什么。

街角有家夜宵摊，X总到这里来吃柴爿馄饨。等他们两人在摊前坐好，X拿来一个小板凳给H放拎包。随后，H从包里拿出了刚才喝剩的半瓶波本。

X往两个塑料杯里倒上酒，说："我有一个问题，纯粹是乱想，就随便问问啊。"

"问呗。"H从口袋里找出一根皮筋，把头发系成了马尾辫。

"你们这行有没有那种为了达到目的，不惜把自己都给赔进去的人？"X想起自己之前看过的一部电影。

"这话是什么意思？"H没明白。

"比如有些房产中介，为了尽快地让客户买下房子，就拿自己的身体做筹码，在未过户的房子里跟客户搞到一块儿。"

"现在做中介的女孩都这么厉害了？"H惊叹道，喝下一口酒给自己压压惊。

"汽车销售也一样。"这话X可没瞎说，他身边确实有保持着这种情人关系的朋友。

"在工作中产生感情倒不是没可能。"H望着路上来来往往的车辆说道。

"你跟你前男友是怎么认识的？"X假装用一种很随意的语气问她。

H笑起来，说："交友软件。"

这个答案远在 X 的意料之外，他一下听傻了，回了句："啊？"

"等小馄饨来了再跟你细说。" H 从包里拿出烟和打火机，开始抽起烟来。X 觉得她抽烟的姿态比电影里的那些女主角们演的还要动人。

"两碗小馄饨好了！" 听到老板吆喝，X 去拿馄饨，顺便端来了一盘苔条花生。

H 左手夹着烟，右手拿筷子轻轻地在碗里搅动起来。

"这可是我的绝招，"几个小馄饨下肚，H 向 X 投来一个机灵的眼神，"从交友软件上猎人。"

X 用筷子夹起花生米，那样子看着有点笨拙，说："听着有点吓人啊。"

"公司主要的人才资源集中在时尚和设计产业，所以我们对有些领域的业务完全不熟。我也是问完所有人之后，理发店老板娘给支的这招。" H 继续吃着小馄饨。

"他是做什么的？" X 问。

"精算师。" H 说。

"是《沙丘》里的那种？"

"是从未接触过的物种。"

"交友软件难道不是主要用来解决生理问题的吗？"X的确是这样想的，虽然他还从没用过。

"那也要先能对上话。"H冷静地回答。

"就是说，你抱着一定目的去交友软件上找合适的工作人选，结果自己给陷进去了？"总结完，X开始呼噜呼噜地吃起馄饨。

"你猜得没错。"H抽起烟来，吐出的烟雾在街灯撒下的薄薄光幕里飘散，"和他交往以后，我成功地把他介绍给了委托公司，然后和他搬到了一起住。"

X停下手中的调羹，问："他知道整件事情的来龙去脉吗？"

"至今都还不知道，"H说，"这可是行业机密。"

"那你们就是一见钟情咯？"

"我俩都喜欢听肖邦的曲子。"

"不过，他应该已经知道了，"X觉得没H单方面说的那么简单，"否则也不会和遛狗的邻居好上。"

"那这算是一种报复咯？"H弹了弹烟灰。

"我就偏爱听德彪西的曲子。"X喝完馄饨汤，突然卖弄起来。

"那比较适合在雨夜听。"H精于古典音乐，虽然很少听德彪西。

"的确，再合适不过。"X表示同意。

"听说你和某位女明星好过？"H跳过X之前岔开的话题问。

"嗯？"X知道她指的是谁。

"我还挺喜欢她的，"H用手在胸前比画了一下，"很丰满，可惜没演出什么好片子。

"嗯。"这和X的想法不谋而合，但导致他们两人分手的根本原因并不是这个。

"我有个问题，不知能不能问。"H把烟头丢进碗里，吐尽嘴里的最后一口烟。

"我连小宝的事都说了，还有什么不能回答你的。"X做好了心理准备。

"你是不是另有自己深爱着的人？"H边问边给他倒上了酒。

X没说话，看着塑料酒杯中的液体在夜光中奇怪地闪烁。

H看着他，一粒花生都没动。

X闷了一口酒，说："我这个年纪，原本不该有这种死穴，却偏偏还是没有逃过。"

H细品着他的话。

X继续说："我和她经常一起出差，面试完演员，我们会时不时去美术馆看展览。有一次她累了，靠着我的肩膀打起盹来，我静静地坐在那里，时不时还偷看她几眼。"

"不直言，不避讳。"H喝着自己的酒说。

"她有属于自己的美满家庭，我们俩是合作多年的工作伙伴。"

H觉得有些男人始终都在和自己的幼稚较劲，说："可能她期待的是一次彻彻底底的破坏，以此掀开自己下半辈子的生活。"

X向她投来质疑的眼神。

"你对她有过性幻想吗？"H的口气听着像审问。

"绝对没有。"X摆摆手。

"连她穿什么样的内衣都没好奇过？"H显得有点咄

咄逼人。

"没有。"X觉得这个话题差不多可以就此打住了。

H停止了发问,心想要是自己是眼前的这个男人,该怎么面对那个深爱的女人。她想到一个答案,但没打算说,实在没必要伤害这个第一次见面的"相亲对象"。

"想喝口冰茶。"H直接就换了个话题。

X如释重负地说:"我们往前走,前面有家便利店。"

3/

便利店门口摆了些露天桌椅,买完冰茶和苏打水,X和H又坐了下来。

"试试肯塔基水牛Highball[①]。"X从口袋拿出两个塑料杯,那是刚才从夜排档拿的。他先倒冰镇苏打水,然后再在里面掺入波本。X问H:"来一杯?"

H看酒剩得不多,就没有扫他的兴致,喝着冰茶说:"可

[①] Highball,译为海波或者高球,它是一类鸡尾酒的统称:烈酒加入碳酸饮料或者果汁混合后放在长杯子(即Highball杯)里,同时杯内有冰块保持温度。

以，正好收底。"

"刚才你说有个人怎么也挖不动是吧？"X把兑好的威士忌苏打递给H。

"你要不提，我都给忘了。"H用双手接过杯子。

"或许也是因为他有自己倾慕的对象？"X开起玩笑，说，"像我一样。"

"也不是没这可能。"H喝了一口，感觉不错。她觉得时机已到，便问："假设有比现在更好的待遇，你会考虑换一份工作吗？"

"不会，公司都是我的，我能换去哪儿呢？"X呵呵地笑起来。

"比如全权委托给你的倾慕对象？"

X越发觉得H不只是酒量好而已。"确实，公司是我们俩一起创办的，后来为了扩大规模，我们就引入了资本。"

"如果是我，就找机会分开试试。"H看似漫不经心地说。

"怎么讲？"X问。

"空间的距离和情感的浓度成正比。"H答。

"所以得张弛有度？"X感觉没听明白。

H目光温柔地说:"麻烦、像宠物一样黏人,我之前说的这些你还记得吧?"

"你的意思是说问题出在两个人一直在一起工作这点上?"

H点点头,说:"我们刚才喝下大半瓶酒,越喝越没味,可现在兑了苏打水,是不是感觉轻松了许多?"

X稍稍皱紧眉头,细品这句话里的道理。

"假定她的婚姻的确是走到了尽头,也没法选择和你在一起吧?"H说。

"啊?"X好像没被点通。

"她若有意和你一起生活,肯定也不能以现在的状态开始。"H的口气听上去像正在宣判的法官的一样。

"所以分开会更好?"X开了悟。

"天天守着一件艺术品,艺术品都会觉得没意思。"H说,"你给她一点空间,也就等于是为自己创造了时间,挣更多钱,发挥更大价值。"

"明白,距离产生美。"X试着总结。

H摇摇头,觉得做老师可真不容易,尤其碰到的还是个笨学生。

她语重心长地说:"是距离产生价值。"

X 喝着兑苏打水波本,许久不出声。

忽然,他好像想起了什么似的,说:"如果你手上有合适的机会,我应该会试试。"

H 解开头绳,散下头发,用左手把脸右侧的发丝捋到肩后,露出耳根的痣,说:"清楚了,没问题。"

临近午夜时分,他们两人起身准备各回各家。

打车时,X 说:"今天是个好故事。"

H 释然地一笑,说:"也不知道这世界上到底有没有喜欢听肖邦音乐的精算师。"

关于　平凡

K是生活在这座大都市里的再平凡不过的一个人。

他没读好书，与高中无缘，只能去念职业学校，幸好他脑子里还有那么一点清醒的判断，让他选择了厨艺专业。按他爸的话来说就是："也好，至少饿不死自己。路上餐馆那么多，只要认真学，做出能吃的菜，就不担心找不到工作。"事实上也确实如此，顺利从职校毕业后，他没选择继续升学考大专，而是离开了太仓老家去上海打工。十五年前，经济发展势头正猛，餐饮业正蒸蒸日上，他很顺利地在徐家汇附近的一家小馆子找到了帮厨的工作，月薪两千，包吃包住。虽然那只是一家广元路上的小店，但上那儿吃饭的人还真不少，常客不仅有附近的居民，还有华山路对面交通大学的学生。小馆子能做到客源不断，得益于掌勺厨师（老板的哥哥，也算是K踏上社会后的第一位师傅）做的一手地道的上海小吃，什么柴爿馄饨、酒酿小圆子、大排年糕等，品质远超价格，以至于其他区的食客都会慕名前来。回想起来，那时的确出现过豪车停在门口、夹包老板只吃一碗小馄饨的情景，和现在的网红苍蝇馆子门口的盛况一模一样。这家店的老板是上海人，爱干净，把小店里里外外都弄得清清爽爽、干干净净的，还取了一个讨喜又好记的名字：小乐惠。

在真正做过厨房工作之后，K发现其实和电视剧里演的一点都不一样。K刚进厨房时，尽管也要做大量的切配工作，但并没有忙到筋疲力尽的地步。师傅是上海人，很讲实惠，做人做事有规矩、没套路。见K老实听话，师傅等他上了一个礼拜的班后，就直接叫K做几样拿手菜当员工餐。要知道，职业学校教出来的厨师，最大的本事是什么菜都会做，但基本上没有做得入味的。没法做入味的原因在于掌勺的基本上都是二十岁左右的小伙们，都还未入世，自然缺乏人间烟火气的洗礼。

K平时话不多，做起菜来倒利索，劈里啪啦了半个小时，就把青椒肉丝、红烧芋艿、麻婆豆腐、番茄炒鸡蛋、紫菜蛋花汤端上了桌。那天老板也在店里，跟大家坐在一起吃。当时饭桌上一共七人：老板、师傅、另外一个厨子、收银小妹、两位服务员阿姨，还有K。大家闷头吃饭，都没怎么说话，只有其中一位阿姨表扬K能干，半个小时就把饭菜都弄好了。最后，盘子、碟子全被一扫而空，老板还打了饱嗝。

收拾桌子的时候，K问收银小妹："味道怎么样？"小妹只回了一句："肉太少了。"K又问另外一个厨子："哥，要不给提点建议？"人家回道："蛮好吃的。"K开始有点不依不饶起来，又问服务员阿姨，阿姨说："味道不错，说不出有什么缺点。"K急了，跑去找师傅，当时正在后门抽烟的师傅抬头对着天空吐了三个烟圈，接着表情一下子变得严肃了起来，说："烧菜的秘诀晓得伐？"K一头雾水，不知要怎么回答。师傅笑笑，接着说："刚才的菜能吃出技校的味道。"K有点摸不着头脑，说："啊？"师傅直接用手指把烟头掐灭，转过身，拍了拍他的肩膀，语重心长地说："烧菜的秘诀就是不要多问，先成为一个能烧出好菜的人。"然后就走回了厨房。

K站在原地，把师傅刚才说的话揣摩了半天，大致上算是想明白了，就是：什么样的人烧什么样的菜。自己烧的菜为什么有股技校的味道？因为自己刚刚毕业，没经历过什么世道，也没见过什么世面，更没机会吃什么有名餐馆的菜。所以，他根本就不该问自己做的菜怎么样。真是犯了大忌呀。他有点后悔问了这个问题，自己只不过是烧了顿饭，根本没必要得意……这时候，师傅突然叫他去菜场补点东西。

直到现在，K都还记得自己刚来这座大都市时的情景，一想起那段初来乍到的时光，就不禁要挠头皮。

一开始，K住的是十二人上下铺的宿舍，那里面住的都是周边七八个餐馆的厨师和学徒，汇聚了五湖四海的方言、截然不同的习性。二十几平的房间，只有一扇朝西的窗户，实在透不尽大江南北的混沌之气。卫生间泛黄、破旧，看着像几年没洗过澡的病人似的。K除了下班回去睡觉，很少待在宿舍。他每天的作息很规律：起床洗漱，去公厕解手，步行穿过街心公园顺便透个气（这是 K 一天中最喜欢的时刻，能让他想起太仓老家的弇山园），五点左右到店里帮师傅准备早餐。九点多时会有另一个厨师来接班，K 就在店背面的巷子里支起躺椅眯一会儿。那把躺椅原本是师傅用来午歇的，但他基本上在做好早饭后就回家休息了，得到中午再过来。中午的时间段最忙，除了师傅、K 和另一个厨师，连两个服务员阿姨都要一起上阵，才能勉强招呼得过来。下午店里空一些，相同岗位的同事就会轮班休息。接下来就是傍晚五点开始的晚餐时段，他们要一直忙到吃夜宵的点，最后在十点左右打烊。

阿姨说 K 年纪轻轻的，生活得像个小老头，都不愿意和另一个厨师换掉早班。他辩解道自己在老家就习惯早起，但其实他恨不得能睡到太阳晒屁股呢。说白了，他只是不喜欢多在宿舍停留，哪怕多一分钟都忍受不了，他无法忍受那磨牙、脚臭、打飞机的三重奏。但他当时没其他办法，也不敢有任何想法，只能按照父亲的教诲"吃得苦中苦，方为人上人"行事。

就这么闷头干了半年，K 的生活终于迎来了一个转折点。

2005年10月一个秋高气爽的日子，收银小妹Y辞职了，她家里人来上海搞物流生意，正好需要帮手。那天晚上收完档，K还不想回宿舍睡觉，就问Y要不要一起去吃羊肉串。Y长得胖胖的，不好看，皮肤倒是白里透红，平时就像个瓷娃娃一样躲在收银台后不苟言笑，日复一日地点单、收钱和找零。但此时，她却笑眯眯说："好啊，我请客。"至于K为什么会在那晚提出吃夜宵的建议，连他自己都想不明白。

夜风吹来一丝凉意，K和Y在华山路靠近淮海路的一处排档喝下了六瓶啤酒，Y问K有没有女朋友。K说自己在太仓老家有过女朋友，但这实属无稽之谈。他在职校时的确有过自己喜欢的女孩，但都还没来得及搞明白喜欢一个人到底是什么感觉时，他就毕业来上海找工作了。那晚，他俩一起回了Y的出租屋，那是一间很小的阁楼，K都忘了是怎么上去的了，只记得一进门就听到其他女孩嬉笑的声音。等他稍微恢复了一点意识，竟发现自己坐在店门口的马路牙子上。随着身边响起一连串铃铛声，师傅从自行车上跳下，问："怎么这么早？"K只含糊地回了句"没睡着"，而嘴角还留着来自Y口中的孜然味。

这天正好是 K 二十岁的生日。

忙完早餐，师傅盘了下库存，让 K 到菜场买二十斤猪肝，并把采购的摊位和老板金娣的手机号码写在纸上，关照他记账月结。K 睡眼惺忪，还没从宿醉中缓过劲，所幸九点半的菜场人不多，周边街坊邻居买菜的高峰时段已过。214 号猪肉铺后面坐着一个女孩，看样子年纪应该与 K 差不多大，小眼睛小嘴巴，短发，胳膊很长，正岔着双腿玩手机。K 说："买二十斤猪肝。"女孩连头也不抬地说道："没有了，卖完了。"K 接着说是师傅让他来找金娣直接拿货的。女孩这才放下手机抬起头说："早说呢，我妈留好了。"然后转身从冰箱里拿出事先准备好的猪肝。"你不会是要去卖血吧？"女孩问。K 一怔，没明白她问的这是什么意思："啊？"女孩得意地哼了一声，叫他赶紧拿走，别耽误她学习。

K 回到店里时，厨房已经在备餐了，他把猪肝放进冰箱，打了声招呼就跑去后巷补觉。这时他才有了空闲细细回想昨晚发生的事情。Y 那灵巧的舌头、肉嘟的脸庞、粗大的臂膀、松垮的肚子，以及贴在墙上的五月天的海报……他总觉得还漏了些什么，但想着想着就睡了过去。

一间巨大的仓库，污渍斑驳的天窗透下微弱的光，周围停着几辆废弃的重型卡车，K试图仔细地辨别这个地方。他感觉手里沉甸甸的，低头一看，原来自己怀里抱着一个洋娃娃。那个洋娃娃看着很眼熟，就是小时候去表妹家玩过的那种硬邦邦、会眨眼的老旧款式。在K疑惑之际，洋娃娃突然动起了嘴巴问他："你不会是去卖血了吧？"

"嘣"的一下，K从躺椅上弹起身，真是个可怕的梦！简直光怪陆离。等缓过了神，他想起一件事，接着心跳加速，脑门开始溢出汗珠。

午市前，师傅回来，叫K在一旁看他怎么做酱爆猪肝。鲜嫩的猪肝，大小均匀地切分开来，厚薄一致；然后过流水冲洗，血水去干净后，沥干；倒入料酒、生抽、糖和生粉，抓匀浆一会儿；起油锅，烧到足够热再下猪肝，翻炒几下，盛出备用；青椒和洋葱入锅，见熟后下猪肝一起翻炒，加入老抽、生抽和蚝油；最后出锅。整个过程行云流水，不过十分钟而已。

K问师傅："不需要放点味精吗？"师傅说："食材都已到位，还有蚝油提鲜，根本不需要味精。"他还让K记住餐饮以后的主流趋势就是少放味精，甚至不放味精；把家常小菜做成美味佳肴才叫会做饭。K恍然大悟，这才想明白自己做的员工餐究竟是哪里出了问题：其实不是缺了点什么，而是多了点什么。师傅又说："这和做人是一个道理。"

K悟性高，再加上后天的努力，不出几个礼拜，店里的酱爆猪肝基本上就都由他来掌勺了。有一天老板来店里，说饿了想弄碗酱爆猪肝面吃吃。师傅正好有事不在，而K在后厨也不知道是谁点的餐，就顺手给做了。

十五年后，当K手拿酒杯想起这些事时，他还是会感叹生命的惊喜。

老板吃了碗称心如意的酱爆猪肝面后，师傅就把本帮菜的做法一一都教给了K。

这个过程其实并不简单，有些菜K还是从反复的失败中才掌握了要领，比如八宝辣酱、清炒虾仁、腌笃鲜、酒酿小圆子等。师傅教是一回事，自己做是另一回事。而做得好，能让上海人吃完都觉得地道，就又是一回事了。

转眼到了2006年春节，K过完年从太仓回上海上班，才得知师傅今后就不再来了。问另一个厨师，也说不知道是什么原因，只偶然间听到两个阿姨在议论师傅和菜场猪肉摊的老板娘私奔了。这时老板带了人过来，给大家介绍说这是新来的烧菜大师傅，并嘱咐K和另一个厨师跟着他一起好好干。

之后，蔬菜、肉类的采购基本都落到了K身上，也就是说他每天早起都有了固定要去的地方：菜场。他这才明白师傅和猪肉摊老板娘金娣的真正关系，以及他俩离开的原因。有一天，老板把K叫到身边，说他哥（也就是K的师傅）在乌中菜场旁有个亭子间，现在空着，可以让他住。还说，他如果要住，房租就从工资里扣，新年每月涨的五百块钱就不给他了。等K反应过来，才意识到自己终于可以搬离集体宿舍了。

那天下班后，他赶紧回去收拾了一圈，就直奔新住处。亭子间其实就是上海老房子的杂物室，位于二楼楼梯边，下面是灶披间（厨房），上面是晒台，基本上有七八平方米的面积，层高两米不到，通常朝北，新中国成立后亭子间也分配给了职工家住。K一推开门，幸福感便扑面而来。那个房间收拾得很干净，里面有一张床、一张方桌、一把靠背椅，和一面带镜子的衣橱。人站进去以后，基本上就没什么活动空间了。桌边有扇窗户，从窗朝下可以看到弄堂，朝前可见对面同样老的房子，而朝上能望见星空。这成了K到上海之后真正意义上的第一个家，他在这间屋子里一住就住了八年。

有一晚，K收完档刚回到家，就听见一阵敲门声。他打开门，眼前站着个身形瘦长的高个女孩，给他一种似曾相识的感觉：小眼睛小嘴巴……莫非她是猪肉摊老板娘的女儿？那女孩很直接，说自己刚才是跟着他上来的，就想看看原来的家。K挠挠头说："好的，进来看吧，屋里没人。"女孩说："不了，在门口看一眼就行。"然后，她指了指衣橱，说镜子门后的隔层里有张照片，让K帮她拿一下。K有点摸不着头脑，女孩说他只管照做就行。K打开衣橱，橱门后的纸隔层确实有一道长口子，他以前从未注意过这里。他小心翼翼地用手指试探，的确摸到了一张东西，抽出来一看，果然是张五寸照片。就着昏暗的光，他瞥见那照片上有三个人：师傅、女孩和肉摊老板娘。

2014年年头，"小乐惠"所在的街区要拆迁了。老板说自己的年纪越来越大，打算退休以后就不再做餐饮了。散伙前的最后一个晚上，新旧同事们一起吃了顿饭，准备从此各奔东西。K很伤感，又蹲在店门前的马路牙子上，只不过这次竟落下泪来。这八年来，他在上海经历的一切似乎都显得无足轻重，没有什么抵得过他此刻的伤感。

饭馆虽然关门了，但老板依然让K租住在亭子间，一是放心，其次他也不想再租给其他人。K后来去兴国路上的圆苑做了热灶厨师，又跟着其他上海的大师傅学手艺。虽然做菜步骤上略有区别，但K觉得总体上都大差不差的。就做菜手艺来说，连厨师长都对K刮目相看。

2014年7月的某个夜晚，K下班走在回家的路上，与一个人的偶遇带他迎来人生中的第二个转折点。

几个月后，泰安路上开了家专门做上海菜的深夜食堂，名叫"小乐惠"。老板是一个三十岁不到的女孩，听街坊说她是从前的老邻居，从北京大学毕业后去了大理，现在又回到上海创业。

广元路上原来那家"小乐惠"的老板，在十月的某个雨夜走进了这家深夜食堂。他既看到了那个小眼睛、瘦长高个的女孩，也看到了在吧台后厨房里忙活着的K。女孩说："叔叔怎么来了？"老板笑笑，坐了下来，要了杯威士忌。K见到后赶忙出来和他打招呼。老板说乐惠是他母亲的名字，母亲在世的时候就希望他们兄弟俩生活得开开心心，做人实实惠惠。后来他哥因为伤人致死进了监狱，万不得已下与金娣离了婚，出狱后却发现两人缘分未尽，所以又走到了一块儿。2006年春节前夕，他哥和金娣下定了决心要去一个陌生的地方，开始全新的生活。这也是那女孩从北大毕业后去了大理的原因。在大理古城南十里桥附近的清真美食一条街上，有家做上海菜而且做得很地道的小馆子，也叫作"小乐惠"。

没过几天，有一家三口到泰安路"小乐惠"吃饭，其中那女孩长得很胖，让K看着眼熟。应该是她，没错。Y也看到了K，向他挥挥手。上完菜，Y向K介绍了自己的先生和八岁的儿子。"八岁？"K一下紧张了起来，这被Y察觉到了，不禁笑出声来，说那天晚上，K还没怎么地就睡着了。Y的先生听了之后笑得更大声，问K："不会以为这是你儿子吧。"K尴尬地在那里杵了半天，不知道要说点什么才好。女老板凶了一句Y："都当孩子妈了，还不放过人家。"

Y委屈地说："姐，那天和你说了以后，你不是说他那个样子像是去卖过血了嘛。"女孩想起来了，的确有那么一回事，可能跟她当时读余华的书有关。

这时候，又有一个女孩走了进来。女老板让她随便坐，女孩说她只是来给K送钥匙的，他早上上班时忘带了。K又从厨房跑了出来，接过钥匙后，向大家介绍说这是他的女朋友小丽。小丽显得很不好意思，好像手都找不到地方放似的，急匆匆地说自己得先走了，便利店里的同事还在等她接班。

这就是关于K——生活在这座大都市里的一个再平凡不过的人——的故事。

二楼

第一章

D从没想过自己会经历这么一桩事。

按照之前定好的计划,他搬到了一座陌生的城市,在这里没人认识他,他也不认识任何人,从某种程度上能叫他远离人情世故。尤其是那些让他心烦的社交活动,不管其是否带有目的性,D在过往的职业生涯中已经彻底受够它们。在一个相对与世隔绝但又不失周遭烟火气的地方,他能从暗处悄悄窥探世界——这是他半年来寻思的最佳生存状态。

三个礼拜前，D提着一个行李箱住进了金鱼公寓，他喜欢这里的红砖古厝，觉得住在这样的房子里能琢磨出一些东西来。这个三层民居里一共住有六户，每层楼梯左右各一家，建筑结构相当简单，属于南北通户型。D租的房子在二楼，占地面积七十几平方米，进门左手边分别是储物间、卫生间和厨房，右手边依次为卧室和客厅，西北角的厨房门对着客厅，客厅朝南面有扇落地玻璃门可以通往L形的露台，西边也有窗可以看到外面。他刚搬进来的时候，除了露台上的一张石头桌子和一些残败的植物，再没有其他任何家具，而这就是房租每月只要一千五的原因。对D来说，这也并非坏事，他只要把自己原来家里那些用得上的东西通过物流运过来就可以了。如此一来，差不多一个星期的时间，新居算是落定，他没举办任何暖屋派对。

散步是探索新环境的最佳方式之一。以D住处附近的新华北路和新门街十字路口为圆心，往东有南俊路上的承天寺，向北是繁盛的开元寺与西街，朝南可以到晋江边上的天后宫，西行可抵临漳门与石笋古渡。在刚搬过来的那段日子里，每天的日出和日落时分，D都穿行于古城的小巷之中，许厝埕、古榕巷、濠沟墘、竹街水沟、甲第巷……这些听上去年头久远的名字，让他着迷，闲庭信步其间，很容易让他忘记自己。

D深居简出，所以直到住进金鱼公寓的第二周才遇见第一个邻居——住在一楼东侧的K叔和K婶。这两位老人满头银发，七十多岁的样子，眼神温和，有股乡绅的气质。那天D比平时醒得早，天微微亮就出门去跑步，正巧碰到准备出门买菜的老两口。D和他们点点头，但没说话。

D的作息很规律。不管工作日还是周末，他都是早上七点起床，晚上十一点左右入睡。每天基本上只有两个时段在外面：上午七点半至九点半，晨练，吃早饭；晚上七点半至九点，吃晚饭，散步。五月的天气十分宜人，除了偶尔去承天寺看书放空，他都是待在家里，他喜欢午后在露台上晒着太阳喝咖啡，任微风吹拂自己那张正与青春告别的脸庞。因此，他很少能碰到邻居。

不过准确说来，D见过的不止K叔和K婶，他还见过楼下的M女士。当然，仅仅是从自己的露台俯瞰到的。自从搬过来之后，他对楼下院子里的动静多少有所目睹。他知道K叔、K婶他们老两口养了很多花草，小院里还有竹制鸟笼和石缸鱼池。至于M女士，D只见过她在晚上收晒在外面的衣服。

从正式毕业到现在，不知不觉间，D已经毫无停歇地工作了十六年。回望过去，他觉得自己的人生就像是随便跳上一列火车，驶向未知的终点。原本还想着如果不合适，就中途跳下，再寻方向，但没想到这趟车系直达，中间并不停靠。D只好迫不得已拉下紧急制动闸，辞去了高薪职位。虽然也有过挥霍无度的岁月，但他多少也存下些钱，尤其从辞职前两年开始，他更是有目的地做起了理财和投资。

没过几天，D见到了住在对门的邻居。周五早晨下雨，他没出门，八点左右，快递上楼给他送件。在他开门签收时，一对中年夫妻和一个七八岁的男孩正准备上锁下楼。男孩好奇地往D屋里张望，F回过身瞪着男孩说："快点，已经迟到了。"F妻对这个陌生的邻居感到有点手足无措，生硬地挤出了一句"你好"。刹那间，这两家人的秘密仿佛同时暴露在了对方面前，D感到有点不好意思，只轻轻地回了声"你好"，便关上了房门。

他给自己倒了杯咖啡，开始努力回想自己读小学时是几点上学，八点？还是八点半？接着拆开快递，里面是一套网购的厨房刀具，四十九块九。对着这件打折商品，他笑了笑，暗自觉得这东西的质量不错：锋利的钼钒钢刀刃，漂亮的木纹手柄，只是在电商竞争的压力下，它的价格简直便宜得过了头。要是选择目前的这种生活水准，他下半辈子都可以不用再工作了。

靠在客厅落地门边往外看，只见乌云密布，一道闪电从F家封闭式露台的玻璃上划过。

第二章

周末的天气很好，云淡风轻。D吃完早餐没有直接回家，而是走去了承天寺，在运动夹克里放着一本刚买的波拉尼奥的小说。从承天巷穿过马路，踏进西门，有一条倚墙步道，道路一侧种着参天榕树，须柳伴着鸟鸣微拂于风中，佛塔便被环抱于其间。

转入寺院，原本十分清静的环境变得有些嘈杂。正殿广场上，有一撮人正在拍婚纱照。那个拿相机的摄影师一身标配的职业装扮：机车皮夹克、做旧牛仔裤、美国木工靴，梳着个背头，一口京片子。他左边有个助理在打反光板，看着稚气未脱的样子；右边的女孩斜挎一个化妆包，她的腿很长，紧身裤穿在她身上显得很入时。古榕树下的那对新人很听话，新郎面相憨厚，一直傻傻地笑；新娘身材娇小，显得身上的婚纱尺寸大了一圈。不远处的角落里有一个女孩正蹲在地上看手机，她身旁摆放着摄影器材和装着替换服饰的拉杆箱。

真是会找地方，D边想边微微一笑。

眼前的场景让他想起了自己的第一份工作。身为从名校中文系毕业的高材生，他轻松地在一家广告公司谋到了文案一职。他没考虑过去报社做记者，因为很早就看透了新闻理想之下的虚假。但若专职写作，又为时尚早，他知道自己没有足够的社会阅历，写下的文字只会显得矫揉造作又苍白。况且，那家广告公司很有名，又位于市中心的黄金地段，仅凭这一点，就能满足一个刚毕业的大学生希冀的一切。边工作，边积累，再找机会写点自己的东西——这就是D的职业规划。

但后来他发现,这些都只是自己天真而美好的愿景而已。除了要在办公室埋头想文案,满足客户无休止的修改需求之外,他还要去现场跟拍,做相关的文字采集和记录工作。

总之,在广告公司加班加点、没日没夜地工作是常态,受气遭责难更是理所当然。在那里工作只有一个好处,就是有机会出差:跟着创意总监和客户开会,依此制定方案,或者协助制片订工作餐,帮摄影师打个下手等。眼前那位蹲在角落里看手机的女孩,不就是当年的自己吗?

那天晚上七点半,D散步去新门街角的阿山姜母鸭吃晚饭。很巧的是,早上看到的拍照的摄影师和化妆师也在里面,看他俩的样子,应该是在谈恋爱。无论是在摄影工作室,还是在婚纱影楼,这种职业结对形式并不少见。D竖起了耳朵。化妆师说他们今天拍的新娘很上妆,刚来的时候完全没让她想到。摄影师表示赞同,感叹着说都拍了这么多新人了,是不是也该把他俩的婚事提上日程。听到这里,D很想看看那一刻化妆师脸上的表情,但因为是面朝他们的后背而坐，就不得而知了。只见女孩倚身搂住男孩，把头埋进他的肩膀。

金鱼公寓所在的巷子路灯昏暗，有两座连接两侧住宅的过街天桥，桥洞高度仅为一米七四，D每次经过那里时，都要把头微微低下。这天他还未走到公寓门口，身后就传来了一阵笑声，回头看正是那对情侣，离他差不多三十米远，莫非他们也住在这条巷子？D上楼进屋，刚脱下外套，那声音也紧跟着上来，他悄悄踮脚走到门口，透过猫眼朝外看，拐上楼梯的果然是机车皮夹克和紧身裤的背影。

D十点上床，继续读波拉尼奥的小说，没想睡意渐渐袭来，他便关了灯睡觉。咚咚咚咚……咚咚咚咚……什么声音？D迷迷糊糊地睁开眼睛，屏息聆听：咚咚咚咚，接着一阵急促的喘气；咚咚咚咚，夹带几声微弱的呻吟；咚咚咚咚，同时还有木头与墙面撞击的声音。D盯着天花板，辨别出了声音的源头。随着一声近乎撕心裂肺的"啊"，一切重又回归黑夜的平静。

第三章

在老家的人眼里，O是不折不扣的全村之光，街坊邻居只要一提到她，都会竖起大拇指，说这个孩子虽然家境贫困，但热爱学习，靠自身努力和奖学金考进了中山大学材料科学与工程学院。O亭亭玉立，一米六八的个子，浑身散发着岭南美女的灵气，是名符其实的校花。但她自己清楚，即便考进的是重点大学，但专业并非她的首选。O从小喜欢读书，参加过各种写作比赛，但这些都没有帮她实现读语言文学系的梦想。

她这次来泉州，完全属于公司指派。三年前，O一毕业，就被一家本土金属加工企业看中，抱着"钱多、事少、离家近"的心态，她拒绝了另外几家跨国企业的邀请。毕竟一入职就能顶着助理产品经理的光环，还有去德国分公司研修的机会，怎能不让一位应届毕业生心动呢？随着公司业务的飞速发展，位于阳江的总部工厂已经超负荷地运作了大半年。今年年初，晋江的新工厂建成投产，她便被委以重任，负责木制刀柄的开发与生产，老板跟她嘱咐的只有一句话：

"要做出配得上我们民族、让我们感到骄傲的产品。"

过完春节，跟家乡父老道了别，O就坐高铁来到泉州分公司，开始了她在这个陌生城市、为期一年的外派工作。通过网上中介，她住进了鲤城区一座老公房的三楼套间，这样她不仅可以步行到公司，还能有个西南朝向的露台，多少也缓解了身在异乡的苦恼。

搬进金鱼公寓的第二个月，楼下貌似来了个新邻居。五月第二周的星期五，O需要在早上早点出门，赶到公司坐班车去工厂，因为有一批新款刀具出库，需要她在质检环节上进行把控。她下楼下到一半，发现伞忘带了，便决定折返回屋。这时候她突然听到楼下传来的说话声"麻烦在这里签字"，那是负责这个片区的顺丰小哥的声音。她好奇地从楼梯扶手往下瞄，看到一个中年模样的男人身影。"快点，已经迟到了！"F一家这时也正好出门。"你好""你好"，他们相互之间打招呼的声音，听着很生硬。随后传来的就是关门声，以及男孩奔下楼的脚步声。

O这天的工作量很大，毕竟手上在做的是自己到泉州后负责开发的第一批新品，订货的还是日本经销商。她几乎对每一箱产品都进行了抽检，尤其是对枫木刀柄与钼钒钢刀刃的结合部位，这可是体现刀具品质最重要的细节之一。从晋江的工厂回到家已近夜里十二点，她在巷口碰见了手捧鲜花的 M，两人还打了个招呼，一同走回公寓。O 说："花真漂亮，是不是男朋友送的？"她听 K 婶说 M 的先生几年前病逝，女儿正在寄宿学校读高二。M 笑着回答："是痊愈出院的病人送的，今天是护士节，所以还提前下了晚班。"

与 M 道别之后，O 回到家，从冰箱拿出一罐啤酒，就倒在沙发里，她今天实在是累坏了。想到已经到来的周六，就不禁心烦意乱了起来。她男朋友今天会从广州过来，虽然她早已厌倦了这段感情，但想说分手又找不到什么恰当的理由，所以现在他们两人相聚就是为了满足生理上的需求，确切地说，是为了满足他的性欲。她想不明白，自己是怎么和这样一个没有共同语言的男人交往了五年？冰凉的啤酒顺着喉咙下肚，O 重重地叹出了一口气。

M 走进客厅时，女儿正在看美剧。"《国土安全》还没结束啊？"她女儿看得入了神，根本没听到 M 说话的声音。每周五，M的女儿会从学校回家过周末，她计划去英国念大学，所以追剧就成了最大的娱乐消遣。M觉得这是好事，一方面可以让她女儿从繁重的学业中得到放松，另一方面还能锻炼她英语听说的能力。有时她也会和女儿一起看，所以对正在热映的美剧略知一二。她在厨房把百合花的枝叶剪到合适的长度之后插入花瓶，然后就去卧室换下衣服准备洗澡。淋浴龙头的水柱冲刷着满身的疲惫，她想起了那个特地来送花的阿姨，夸主任护士看上去才三十出头，还希望她永葆青春。此时，水流汇向她微微垂下的肚子，滴落在了浴缸里。

等洗漱完毕，女儿已回房睡觉。茶几上留了张字条，写着："妈妈，花真漂亮，节日快乐！"

第四章

D在床上久久不能入眠，干脆睁着眼回忆起从前的时光。读中学时，他喜欢过隔壁班的一个女孩，对她一见钟情。两个班一起上体育课时，他总是远远地、偷偷地看她，尤其在阳光下,那被光线勾勒的脸庞与发丝特别好看。有几次都快被她察觉到了。没按捺住青春期的冲动,他最终还是写下情书,托给与那女孩同住一个小区的同学转交。那晚他失眠了,满脑子想的都是明天见到她时的情景。第二天,几个高年级男生冲进教室,把他拖了出去。他们把他拖进厕所,其中一人扇了他两巴掌,问他哪儿来的胆子写情书,也不问问她男朋友是谁。D很莫名,觉得脸上火辣辣的,不怎么疼,只是耳朵有点嗡嗡作响。事后有同学告诉他,刚才打他的那男的是女孩班里的留级生。D闷闷不乐了一整天,连听课的心思都没了,被人抽耳光的事更是在小小的学校里传遍。放学后,他垂头丧气地回到家。正躲在房间怄气时,他听到奶奶在喊,说是楼下有同学找他。是谁?难道那个留级生还不甘心?行吧,反正在自己家楼下,就算痛痛快快地打上一架也不怕,他从床底摸出双节棍,揣在腰间冲下了楼。站在他眼前的竟是那女孩。他一下傻了眼,愣在原地,不知该说什么好,索性就把头转向一边。那女孩大胆地上前一步,向他鞠了个躬,跟他赔礼道歉,还问他疼不疼。

他那时上初二,自尊心比喜欢来得更重要。隔天,D就找来和他同一小区的阿哥，再叫上几个当地小有名气的地痞，把留级生和拖他进厕所的其他高年级学生都拎了出来，每人扇了四记耳光，相当于是双倍奉还。直到现在，D都还记得那天自己的手心手背有多疼。

这事就这样结束了，他和那女孩也没了下文。他们两人虽还在同一所学校读高中，但后来女孩长胖了不少，没以前好看了。

在广告公司做到第三年，D遇见了自己人生中的第一位伯乐。当时，他的客户中有一位非常优雅的女士，她欣赏D的广告文采和工作态度，问他有没有兴趣去她公司的市场部任职。D对她的印象深刻，让他难忘的不仅有那细长的脖子，还有她商量方案时的专注神情。后来在很长一段时间里，那位女士的一颦一笑、一举一动，以及走过身旁的香味，都让他着迷。"男人嘛，都有这样一个阶段，迷恋比自己岁数大的女性。"他俩发生关系后，优雅女士这样和他说道。这是D加入她公司第三年的事，一场庆功宴后大概率会发生的事件。

不久之后，优雅女士嫁给了老外，移居到法国去了。D

在那家公司自然也没法再待下去,当时正好有个机会,就跳槽去了一个刚进中国发展的意大利家族品牌。这一做就是十年。

D迷迷糊糊醒来时,发现都已经七点了,就决定出门跑步透透气。他下楼时,M正走出公寓,这是D第一次与她打照面。"早啊!"M微笑着与他打招呼,面带清晨的容光,让人看着很舒服。"早。"D警觉地回复,但跑出两步后又转回了身,对M说,"对了,天气预报说中午有雨。"M听完愣了两秒钟,才反应过来:"啊,谢谢提醒。"她折回家拿完伞,顺便收了一下刚刚晾晒的衣服。她今天上早班,女儿在家吃过午饭就会回学校。

D一路向北穿入濠沟墘、钻进裴巷、跨过爱国路和七星街,到达西湖公园。绕湖跑了半圈,他感觉有点喘,跑不动了,就慢悠悠地走到湖心的刺桐阁休息。差不多八点半,他沿着新华北路往回跑,看见沿街的餐馆坐满了吃早餐的人,热气腾腾的。他在常去的早餐店找了个座,点单时特意让老板娘往面线糊里再多加些醋肉、猪肝、鸡蛋和油条。

回到公寓时，D觉得有点不太对劲。K叔站在门口打电话，向D指指上面。他走到二楼，见F正透过门缝往外张望，但一看到对门邻居回来了就立即关上了门。"为什么啊？""你要给我一个理由！""否则我不走！"大喊大叫的声音之后传来一阵摔东西的声音。D走上三楼，摄影师J正巧站在楼梯口，两人互相看了一眼，D就问他："怎么回事？""里头吵架，好像还动上手了。你是不是楼下新搬来的邻居？"D点点头。"不管管吗？"D怕会闹出什么事情。J说："K叔在给社区居委打电话。""哐当！"传来一记重重的撞击声。看样子不能干等在门口了。D便走上去拍门，J说："兄弟，还有我在，别怕。"屋内瞬间安静了下来，但五六秒后传来一记嚷嚷声："谁啊？"D继续拍门，甚至拍得比之前更猛烈，早上的面线糊吃得酣畅淋漓，现在让他浑身发热。大概又过了半分钟，一个面红耳赤的壮汉从里面打开了门，他看着要比D和J高半个头，大声问："你谁啊？"D说自己是楼下邻居，担心是不是出了什么事。壮汉瞪着他和J，歪着头嚷道："没你们什么事，都给我滚开！"那壮汉正要关门时，D看到他身后有个女孩坐在地上，用手捂着脸。

"等等，别急。"D用一侧肩膀顶住门。壮汉急了，继续嚷道："你别多管闲事！"伸过手就要推他。D身后的J说："哥们可别动手，有话咱们好好说。"只见D的领子被一把揪起。"行，可是你先动手的！"D拿起手中的小说，边说边用书籍猛戳壮汉的喉结。壮汉的手一下松了，他瞬间化成了一摊肉泥瘫在地上，想说话，喉头却被卡着发不出声音。D跨过横在地上的身躯闯进门，J紧随其后。地上一片狼藉，书籍、摔碎的杯子撒了一地，除此之外，还有一样东西——一把看着眼熟的厨房刀。"你没事吧？"D问。

O慢慢抬起头，右眼角明显有一片瘀青。J的情绪有些激动："竟然打女人！""那人是我男朋友……"她低声说道。D同情地看了看她，又看了看门口的壮汉，那壮汉正在试图慢慢起身。"波拉尼奥。"女孩抬起左手指指D手上的书说道。他对此没作什么回应，只是问她要不要报警。她摇了摇头。这时，楼道里传来阵阵脚步声，原来是K叔把民警叫来了，他们身后还跟着一群居委会阿姨。

第五章

一群人从派出所出来时已经中午了，天空还飘起了小雨。O放弃了对壮汉故意伤人的指控，壮汉则坚称自己是正当防卫，因为是女朋友先拿起的刀。O回想起大三时，还是她主动对这位篮球校队的学长表的白，真不明白当时自己是怎么想的。难道只是出于女孩的虚荣心？只有找一个高大、帅气的男朋友才能撑起门面？

K婶陪O回家收拾，D跟在她俩后面一起走，他想赶紧回家洗个澡。"我下午还有场拍摄！"J丢下这句话便上班去了。当他们转过二楼扶梯口时，F夫妻关切地问O要不要紧，那男孩好奇地探出头来，被F摁了回去。

壮汉是在昨天傍晚坐高铁来的。由于前一天太累，O就点了些外卖在家里当晚饭吃，牛排、干拌牛杂和牛尾汤都出自附近很有名的馆子。壮汉边喝酒边向O说自己辞职了，打算来这里找工作，和她一起生活。O看着眼前这个只有26岁却已经开始发福的男人，心中更加厌嫌起来，说："我在这里待一年就回去了，你要是来这里能找什么工作？"壮汉原本在广州某汽车品牌的产品研发部做得好好的,不知他是哪根神经搭错,做出了这样的决定。"你别管了。你一个人在这里,我也不放心。我来了还能帮你分摊房租。"O听到这话,顿时火冒三丈,但也只是压低嗓子抱怨:"你至少应该和我先商量一下再决定,现在我什么心理准备都没有。再补充一句,房子是公司出钱租的。""那不更好?"壮汉喝完手里的啤酒,得意扬扬地又开了一罐。她脑子里一下就冒出了很多小说中出现过的丑恶男人形象,把那些角色全叠加在眼前这位身上都不够。她没再理他,默默吃着自己的面。但一想到待会儿还要一起睡觉,她又泛起恶心。果不其然,十一点刚过,壮汉洗完澡就赤身钻进被窝,开始爱抚她,扒她睡衣。O反抗、挣脱,表示不愿意。壮汉的兴致反而被激起,说半个月没见,今晚他可要好好做一下。她没有办法,半推半就着,最后两眼一闭,任其摆布。幸好,只床头撞了几下墙就完事了。后来她把头埋进被子里哭,想自己长这么大都没像今晚这样委屈过,小时候家里再穷,也只是饿肚子。而就在刚才,她却被一个"熟悉的陌生人"强奸了。滚蛋,明天就跟他分手,O暗自下定决心。

下午三点半，M结束早班后回到家。她正要进屋时，K婶开门跟她打招呼，接着把上午发生的事讲了一遍。怎么会有这种事情？一直以来，这条古巷都是安安静静，大家也都是和和气气的。最早住在金鱼公寓里的六户居民都是当地人，三楼两间房子是一家人，老人去世后，负责照看的女儿就搬走了，她去年把一间房子租给J，O在今年元宵节后搬进了另一间。她家楼下的房子也空关过一段时间，房东随儿子迁居新加坡，坚持要把珍藏的整套红木家具也运过去。没有床没有桌椅，租金要收一千五，一年一付，这些条件在古城堪称苛刻，因此很难找到租客。想起早上遇见的D，M心头一阵悸动，她都对自己的这种反应感到惊讶。

M拿上药箱，敲响了O的门，过了好一阵才有人开门。"我刚下班，来看看你。"尽管心情很糟，O还是对楼下的这位大姐挤出了一个微笑，让她进来。刚才验过伤，是皮下组织出血。M揭下纱布又仔细检查了一番，不算糟糕，但那壮汉下手也够重。这话她没说出口，换成了嘱咐："十天左右，伤痕会慢慢消退。最好能让它自然恢复，不要涂药，辛辣忌口。"O点点头。乌黑的长发，柔滑的皮肤，细细的血管若隐若现，逆着光，还能看到脸上薄薄的一层小绒毛。青春真好啊，M默默感叹，这还是她第一次来那女孩家，环顾客厅，发现东西很少，异常干净，可能是因为刚刚清理过。这里甚至连一件与二十五岁女孩相关的装饰物件都看不见。茶几上堆着一些书，看上去像是推理小说，一大半都没有拆封。O似乎察觉到了邻居细微变化的神情，轻轻解释道："明年二月我就回广州了，就没添置什么东西。"M点点头，说了几句让她好好休息的话，就起身告辞了。

D洗完澡补了个午觉，睡得死沉，醒来时发现都已经下午四点了。只觉腹中空空，饿得不行。尽管外面还下着雨，他还是决定走去不远的东兴牛肉店吃份牛排饭，暖暖身子。刚开门，便遇见了下楼的M，两人相视而笑。他折身锁门，让她先走。

"今天幸亏有你，否则还不知道事情会怎么样呢。"

"哦，我也正好是回家碰上。"

"你搬来有两周了？"

D摸摸后脑勺，说："是啊，十几天。"

M身高一米六五左右的样子，稍微有点胖，但身材比例正好，穿着半高领针织衫显得胸部丰满，驼色直筒裤把臀部线条裹得恰到好处，偏棕的头发，扎成了马尾辫。D在她身后若无其事地打量着。相互道别后，他撑起伞向饭店走去。

雨水绵密，弄得D心绪不宁。刚才M说她在这里住了十来年，若要什么帮助，可以找她。他什么都不需要，只想避世独处。但在同一屋檐下，免不了会碰面。

第六章

几天后，D照例在晚上七点半出去吃饭散步，他已经非常熟悉这附近的环境了，还把自己感兴趣的店铺都逛了个遍，包括卖热带鱼的水族店。路过南音阁时，只见人头攒动，原来正好有场演出，他索性就驻足欣赏。快结束时，前排座位有人回头朝他挥手，是一个戴墨镜的长发女孩。D在记忆里搜寻了个遍，十分确定自己不认识这样的当地朋友，想她可能是找别人的，就没做出什么回应。但那女孩从座位上站起身，拿着包，朝他这边走来。

她身材高挑，秀发拂动，身穿米色风衣，拎了个帆布拎包。直到那女孩走近跟前，他才确定她要找的的确是自己。O摘下墨镜，露出了眼角的瘀青。"是你？抱歉我没反应过来。"D解释道。"我刚好下班经过这里。你吃过饭了没有？"女孩问。他说自己正准备去吃。她建议道："一起吧！正好向你表达谢意。"对此，他没理由拒绝。

"神谕之夜？"海鲜上桌时，O突然问道。

"啊？"D不确定她说的是不是保罗·奥斯特的一本小说。

"弗利特克拉夫特，走向另一个城市，从头活过。"

果然是。"我不是马耳他之鹰。"他知道这个人物出自美国侦探小说家达希尔·哈米特的笔下。他夹过热乎乎的长形贝类送进嘴里，入口那瞬间的感觉简直令人惊艳！"太好吃了吧，这是什么？"

"蛏子，没见过这么大的吧？"

D边嚼边点头，他可不想故作绅士讨好异乡女孩。

可是，O的好奇心却完全被他打开了，她从没见过这样的男人，胡子拉碴的，却衣着不凡。"你在读波拉尼奥的书。"

"嗯，"他从夹克兜里把书掏出来放在桌上，"短篇小说集。"

她拿过书，摸了摸书籍处的凹痕。几秒钟后，O确定自己喜欢上了D。"你用《地球最后的夜晚》救了我。"

不知从什么时候起，D就再也睡不了懒觉了。他每天早上七点自然醒，然后靠在床上处理工作邮件。那家意大利家族品牌做的是男士成衣生意，总部设在米兰边上的Trivero小镇。该品牌生产西装、箱包、鞋履和功能性服饰，品质享誉全球，专卖店遍布世界各地。他刚加入时的职位是助理传讯经理，2008年就拿着将近两万的月薪，着实让人羡慕。再加上到处出美差，他渐渐飘飘然地忘了自己的职业规划。或者不如说，这还需要什么规划啊，一脚踏入豪门，跻身青年才俊行列，按部就班，循序渐进，似乎没有比这更好的路了。偶尔，他也会在忙碌了一天后，在睡前看会儿书，但看的大多数都是推理小说，"实在没有精力去深入阅读任何一部有思想的文学作品。"D曾在大学同学聚会时这样坦露。

D没有离过婚，因为从未领过结婚证。他谈过几个女朋友，在一起的时间有长有短，有同居三四年眼看就要谈婚论嫁的，也有短短一个月不了了之的。回想那些出现在生命中的女孩，什么样的都有。有一年他供职的品牌举办旗舰店开幕活动，除了客人之外，城里喜欢凑热闹、混场子的妖魔鬼怪也都来了。他主要负责照顾名流，有个七八线的女演员在第二天就主动约他，他隐约记得那女孩长得挺漂亮，当时他反正没谈恋爱，下班后就和那女孩一起吃了晚饭。当晚女演员就跟他回了家。之后，每次见面，女演员都要他陪着逛商场，买这买那，一开始要买的不过是些名牌运动鞋和牛仔裤之类的东西，一两千块钱就当感情投资，D也没多想。但后来有一次约会，女演员提到了路易威登的包，说朋友们都有，自己还没想好要不要买个樱桃红色的。当然，他谈朋友是认真的，但对于萍水相逢式的感情，还是有一定警觉，就没当回事。果然，按照先前的承诺，D联系女演员一起去三亚过圣诞，她说临时加戏走不开，语气相当随意，听着丝毫没考虑他的感受。呵呵，行，机票能退，酒店可不能取消，他就自己去海边躺了几天。总部休假，没有邮件和电话会议，也没有女演员的消息，他趁着机会读完了《荒野侦探》。回到上海后，和路易威登相关的消息再次发来，他想想，算了，买完结束，就当是分手礼物，毕竟女孩也和自己睡了。那晚，女演员沉浸在收到礼物的兴奋中，一回家就开始脱衣服。但当他吻她脖子时，觉得像是舔到了一口药膏一般，停下一看，尽是密密麻麻的小红疹。他问是不是食物过敏，女演员只说没事，是服用避孕药的自然症状。D瞬间感到冰凉，他从来都是戴套的。

多年之后，他在某个电视剧里看到了那位女演员。而那段人生插曲，D也就当小菜一碟给品尝了。总之，对年轻女孩，他都格外小心，并不是舍不得花钱，只是觉得没什么意思。

吃完饭，他们两人一起走回公寓。他们聊起卡佛的《大教堂》，里面的每一篇故事都透着对孩子的厌倦。D说自己看完的第一部长篇小说是高尔基的《母亲》，O则说自己的第一次献给了车尔尼雪夫斯基的《怎么办》。又不知怎的，提到了梭罗的散文集《瓦尔登湖》。他说很惭愧，初二时写过一篇读后感，被语文老师大加赞赏，并在全校最显著的阅读栏里张贴展示。她再一次向D投去倾慕的眼光。站在旁人的角度看，他们是多么美好的一对。

故事写到这里，本可以愉快地结束。D 因路见不平，认识了与自己有着共同爱好的邻居 O，两人顺理成章地坠入爱河，由此开始了一段异乡恋情。但是，现实并非如此，况且他想要的生活也不是这样的。

第七章

O 回到家，久难平复心中的激动之情。长这么大，也算是见过形形色色的男人，但她只和其中两个好过——高中时的县城同学和刚刚分手的学长，而那些都已然成为过去。对她来说，这次也许是真正意义上的第一次，她遇见了能和自己聊聊文学抱负的人。她发消息给好友，好友说："怪不得急着离开学长。"她辩解完前因后果，深信其实是缘分使然。

D 洗完澡给自己倒了一杯白兰地，坐在露台的躺椅上看星星，唇齿间还留着炸蛏子的美味记忆，酥脆且嚼劲十足。弗利特克拉夫特是因为意外地捡回一条命，认为以前的自己已经死去，才选择用和自己毫不相干的生活重新开始。但 D

不是，他从没有与死神擦身而过过，也从没因得罪人而失去留身之处。一阵夜风吹来，他想起了同居四年、差点结婚的C。如果真要找一个远走他乡的理由，那应该就是她。

五年前，在一场媒体好友的生日聚会上，到场的要么成双成对，要么拖家带口，在那个二十人不到的小酒吧里，形单影只的只有C和D。后来他才知道，朋友们有意撮合他俩，因为他们两人都是单身。C很漂亮，衣着十分得体，双腿交叉着坐在吧台椅上，独自喝着一杯血腥玛丽。D按照被设计的线路坐到了她身边，现在回想起来，都觉得当时的自己真是傻透了。他要了一杯经典马天尼。他们两人只是相互对视了一眼，没有说话。

过了一会儿，她问他有没有打火机，他说抱歉，自己不抽烟。她没再说话。气氛很尴尬，他试着打破僵局，就问C，如果不介意，可否请她喝一杯马天尼，顺便还看了看她那双漂亮的眼睛。真蠢，朋友的聚会，怎么会开口邀请不认识的女孩喝马天尼。"好啊。"她说。

聚会结束后，还没尽兴的人相约着去KTV唱歌，C也去了，D第二天没事，就凑热闹跟着，尽管他不大会唱歌。

有一会儿,她和另外一个女性朋友聊得很起劲,他竖起耳朵偷听,原来她们是在讲香港三级片。他没有因此觉得她开放,也未因此对她想入非非,只是觉得这个女人很有意思。那天聚会结束大家各回各家时,他们两人很礼貌地互留了电话号码。

那天到家,D满脑子想的都是C:齐肩短发,明眸皓齿,小小的鼻子,长得有一点像李若彤。穿在她身上的那件斜纹软呢夹克,把她衬得娇俏干练。

周日晚,D去意大利出差,在那五天时间里,他除去工作、开会和吃饭,想的都是能快点回去约C见个面。事情的进展也如他所愿,周六C在公司加班,D开车去接她。他在楼下等了一会儿,不见C从写字楼里出来,倒是后面来了辆奥迪S5,对他的车闪着灯。电话响了,是C:"我今晚要把车开回去,就一起先去餐厅吧。"

他们把车停在云南路,去吃新梅居热气羊肉。D的猎装夹克和C的黑色风衣在老餐馆里,并不显得违和。这次,他记住了她说的每一个字。C比D小两岁,从澳门搬来上海不到一年,是律师,主要打经济官司。她弟弟曾接受过D

的媒体好友的采访，觉得很投缘，他们便时常往来。他想，不至于是她弟弟悄悄拜托朋友在上海给她介绍男朋友吧，但后来证实，确有此事。只不过，连她自己都不知道。

那时，D已经做到了品牌的高级传讯经理，公司希望他能逐渐统管市场部。因此一旦忙起来，就没日没夜的。C的客户主要是江浙一带的大型民营企业，琐事很多，得时不时加班，而且还要出差。他住八佰伴，她住虹桥，刚好位于城市的一东一西。但只要两人有空，就会约会，比如去探探新开的馆子，看看解压的电影，或者趁周末去附近郊游。他们之间的交往和大部分人刚开始谈恋爱时的样子很不同，可能是岁数都不小了，总之两人之间客客气气的，看着倒像是结婚有些年的小夫妻。朋友问他们发展到什么地步了，D如实相告。"这到底是在谈恋爱吗？"D说自己也不清楚。"牵过手吗？"没有。"那嘴巴肯定没亲过吧？"还没到时候。D还会补充一句，说："我想认真地对待这份感情。"

过了半年，C想利用假期到阳朔看看，D当时虽然刚接手媒体广告投放的工作，但还是抽出了时间陪她一起去那里。订一间房？还是分开住？要不要问C？他犹豫了半天。

索性就订了一个大一点的房间，顺其自然。那天入住登记证件时，他心里忐忑不安，而她倒是毫无顾虑地在大堂门口拍起了风景照。悦榕庄的小型别墅套房有一百多平方米，他想万一她觉得不舒服，自己睡沙发就行。但这样似乎更怪。

"怎么不是两张床？"C问。

D一时觉得很尴尬，不知道该说什么才好。

短短几秒钟的时间让人感觉像是一个小时似的，她忽然"噗"地笑出声，然后倒在床上继续哈哈大笑。他更不知道该怎么办了，是要扑过去吗？

"跟你开玩笑呢，别人都说我们是老夫老妻，所以不应该分床睡吗？"她笑着说。

"啊？"他还是没反应过来。

游完漓江，他们俩一起在酒店吃了晚饭。喝掉一瓶葡萄酒后，两人一起回了房间。

桂林之行让D和C正式确认了男女朋友关系。那之后，两人偶尔会在对方家里过夜，但从未同居。一方面他俩都处在事业上升期，忙得不可开交；另一方面各自的家离公司更近，通勤更加方便。他们就这样谈了三年恋爱，他父母为儿子能找到这么漂亮温柔的女朋友感到心满意足,而他也到澳门见过她家里的长辈,他们都想着等到工作没那么忙时,两人就可以组成家庭了。一切都很顺利,他们俩只要在一起,哪怕是台风暴雨,都会显得温馨宁静。

直到一年前,D当时在国外出差,半夜突然被电话铃声惊醒,他一看是C打来的,就迷迷糊糊摁下接听,一听却是朋友的声音:"C出交通事故了,人正在抢救。"

等他改签最早的航班回到国内时,她已经走了。死因是她从宁波开回上海的高速上发生的连环追尾,但也不排除C存在疲劳驾驶的可能性。尸检时还发现,她刚怀有身孕,生前可能连她本人都不知道。

第八章

醒来时,D感觉浑身发冷。他在露台上睡着了,身边的那瓶白兰地已经见底。

他上床关了灯,泪水在黑暗中接连涌出。D想起悬疑小说《匹诺曹和金丝雀》的开头:每个人都会死两次——第一次是被死神带走，第二次是被世人遗忘。按照这个思路，C被死神带走，那么相应地D只能选择被世人遗忘，才算公平。或者说，从某种程度上来说他们都死了，只有在这个"死去"的维度里，他才能找到片刻的心安理得。

八点起床时，O的心情极佳。生活里原本不知该如何处置的那块石头，现在已经没了，而代价无非是右眼的瘀青。她精心打扮了一番，抹上遮瑕膏，又往嘴上涂了稍显靓丽的唇膏。往常她可不会这样，办公室就十来个人，她还要经常下工厂，干脆梳个头、抹个脸霜就完事。因为出身贫寒，她也没什么太大的兴趣买衣服，求精不求量，她的衣橱就能很好地说明这一点：两件风衣，一件夹克，两套西装，内搭和内衣都在抽屉里。总之，品位很好。再加上一米六八的身高，穿什么都洋气。她戴上墨镜，便踩着欢快的脚步跑下楼，到D的门口时，便停下来往猫眼里窥探。这两三秒的小动作，却正好被要出门的F一家撞见。她不好意思地咂咂舌，说："早啊。"

O上班的地方在清净寺对面的商务楼里，从家步行过去只要十五分钟。通常她都会在麦当劳吃早餐，然后拿上没喝完的咖啡慢慢走进办公室。

"对门新搬进来的那个男的和楼上的广州小姑娘是不是好上了？"F妻系上安全带问。"谁知道，你管别人这么多。"F发动起车子。她不依不饶地说："昨晚俩人也是一起回来。"F好奇地问："你怎么知道？"她回答说是听到有动静从猫眼里看到的。

F夫妻俩都在市商务局上班，单位的老楼位于泉秀路，从金鱼公寓开车过去要十五分钟。但去年年底，F所在的招商引资部搬去了丰泽区的新址，所以他每天先把妻子送到单位，然后再开半小时到办公室。孩子的学校离家不远，步行只要十分钟，所以就让他自己一个人上学放学。F妻对那些陆续搬进公寓的外地人，心存忌惮，生怕麻烦。原本一幢楼里住着的都是本地老邻居，但随着去世、搬走和移民等各种原因，现在只剩下一半。最让她不舒服的是，与新来的邻居相比，自己显得苍老黯淡，可实际上她只有三十三的年纪啊。

结婚八年，F夫妻两人早就断了房事。自从不在一个地方上班后，F偷偷地在外面搞起婚外恋，经常拿加班做借口晚回家，有时候也趁招商引资的出差机会，带着小三同游。至于F妻知不知道……她自认为F胆小怕事，做不出什么出格的事来，况且儿子都已经七岁了。

但有一次，F在车里吻一个陌生女人的情景，恰巧地被K叔和K婶撞见了。那天市里组织了一场退休教师茶话会，他们老两口正准备坐公车去教育局的活动中心，那地方就在商务局新办公楼的隔壁。下车没走多远，他们一拐弯就瞧见F钻进了车门。对于七十岁的人来说，亲眼看见楼上邻居出轨，还是相当让人震惊的。那天晚上，K婶一直都在考虑要不要把这事告诉F妻，但K叔让她别管闲事，毕竟这种事早晚会知道，要是外人插嘴，弄不好会闹出乱子。

他们老两口有两个孩子，儿子在北京工作，女儿嫁到了苏州，平时也没其他人能唠嗑。K婶是个直肠子，从来都藏不住话，有一天她碰到下班回来的M，便拉着她把这事的前前后后都说了一遍，问M如何是好。M耐心地听完，对她说："婶，男欢女爱，自有他们做主。"K婶想：你们怎么都说一样的话。M把她请进屋，关上门，泡了一壶茶，说："这种事其实见多不怪。"K婶听完马上回应道："不能乱讲，社会这么和谐，哪来这么多破鞋啊？"M给她讲了个发生在医院里的故事。

一对夫妻，男的是外科主任医师，女的是妇产科护士长，有一天一个小护士来找那女的诉苦，说："姐姐，我喜欢上一个医生，看他老实沉稳，就跟他好了，没想到有一天加班去拿药，发现他正和另一科室的小护士在楼梯间亲热。"那女的安慰小护士说要学会保护自己，告诫她不要随随便便地和医院里的人好，始乱终弃的渣男太多。几分钟后，原本还在哭哭啼啼的小护士突然笑出了声。那女的问："你没事吧？"小护士回答说："再渣都还不是你给养出的毛病。"那女的不知道她在说什么，一脸莫名。只见小护士咄咄逼人，说："那男的就是你老公。"

K婶完全给听晕了，根本没反应过来。她脑子转了半天，问："到底什么意思？"M简明扼要地解释了一下："就是小三找正房告小四的状，正房并不知道老公在外搞小三和小四。"

"难以置信，人心不古。太可怕了，世道怎么变成这样了？这个女的也太惨了！"

"是啊,简直惨绝人寰。"

"那女的不得回去和男的闹离婚?"

"闹什么啊,那男的没过多久就死了。"M说,"这个婚内出轨、脚踏几条船的医生后来被查出癌症晚期,仅仅三个月就和这些女人永别了。多轻松,快活够了,连责任都不用负。"

K婶接连摇头,不知该如何评论。忽然她像想起了什么似的,瞪大了眼睛,看着M。

M点点头,说:"他得的是胰腺癌。"

K婶用双手捂住了自己的嘴巴。

"那男的就是我丈夫,他连离婚的机会都没留给我。"M微微一笑,喝了口茶。

第九章

夜幕降临。D胡乱写了一天,正打算出门,就传来一阵敲门声。他走到门口,从猫眼往外看,门口站着的是楼上的O。D打开门,只见她提了个布袋,问:"吃饭了吗?"他说："还没。"

"我买了些菜，要不就一起吃？"她直接提出了邀请。

"这么暗，你戴着墨镜还看得见吗？"他想缓和一下气氛，让她进屋，往里面厨房走。

女孩准备脱鞋，他连忙俯下身说："不必。"顿时一股香气袭来。她边往里走边左右张望，说："你的房子看上去比我的大。""没什么家具。"他摸摸后脑勺试着让她明白。"结构也不一样，我家一进门就是客厅，露台在卧室。"他拉开冰箱门，问她喝什么。"有啤酒吗？""有，冰的。"说着便拿出一罐朝日递给她。

"我买了些卤味，要不再做个番茄鸡蛋、炒个青菜？"她边说边往外拿食材。

D点点头，说："家里没有餐桌，我们可以在露台的石桌上吃。"厨房留给O后，他回到客厅，把书桌上的电脑合上，又将画满手稿的纸张和记事本塞进了抽屉。

"你怎么会有这个？"

他回过头，女孩手里拿着他新买的那把料理刀站在厨房门口，一脸疑惑地问。

"网上买的,怎么了?"说这话时,他隐约想起那天在女孩家里好像也看到过一把类似的刀。

"是在哪家店买的?能告诉我吗?"

他掏出手机,说:"你先把刀放下。"她为自己的失礼向他道歉。

O在吃饭时说:"这款刀肯定是抄袭了我公司的产品,因为这是日本客户定制的,上周五才出货送走。"D回忆了一下:自己是上周五收到的快递,那天还撞见了对门的F一家。"那你是下单下得更早咯?"她问。"也就拿到刀的前两天吧。"他有意选择了当地卖家。她叫他等一下,便跑回家里拿自己的样品。再下楼时,O撞见了J的化妆师女友,后者见她手里拿着刀吓了一跳。

"你买的这把是仿制品,因为刀面上没刻标志。"

"但这种刀形很常见啊。"D喝了口啤酒,说。

"做不锈钢材质的的确很多,能产钼钒钢的也有几家,但这种刀款是我们公司的专利,而且刀柄是我精心挑选的枫木,因为我们的日本客户想在枫叶季做一波促销。"她把两把刀放在一起做对比,指了指刀柄的衔接位置,说:"你这把刀的刀柄是两片木头用螺丝拧合,而真品的应该是整木凿缝后插入,一气呵成,这样才能体现高超的制造工艺水平。"

"这在日本卖多少钱一把?"他顾不上脸有瘀青的女子在自己面前手持双刀比画,夹过一块豆腐就下了肚,不禁在心里感叹真入味。

"年前在广州开会时,定价好像是四千日币不到的样子。"

"那你们做一把的成本是多少?"

"材料成本三十元左右,加上制作加工,还有人工、厂租、电费等,最后给客户的价格是六十九元。"

"那我这把卖四十九块九没毛病。你要不细说的话,我真觉得没什么区别,虽然现在看上去完全不同。"

她不依不饶地说:"明天上班我要跟总部汇报一下,一定要查出源头。"他试着开导起来:"国内工厂私售瑕疵品的情况很普遍,在服装行业这叫作外贸尾单,毕竟都要为销售找出路,不然积压着没用,销毁了又可惜。"她说:"是吗?我身上穿的这件风衣就是在网上买的,当时说是什么日本品牌的库存尾单。""那就是了嘛。"他提醒她赶紧趁热吃,还指出她没有掌握番茄炒蛋的精髓。这女孩聪明得不得了，一下就抓住了机会："那下次你教我怎么做吧。"

他们接下来又聊了聊文学，内容主要集中在国内的小说家身上。D以前喜欢王小波，但对莫言作品的评价更高。而O则说这几年阿乙的文字给她留下很深的印象，她还觉得刘震云的小说的确适合拍成电影。九点半左右，他抬手看了看表，示意她差不多该回家了。她识趣地起身，刚准备收拾东西，就被他叫住说："放着吧。"

"那就辛苦你了。"她拿起那把刀，问，"这个能借我一下吗？我明天想带去公司汇报。"

"直接给你吧，我再买把新的就行。"

"不，我的样品刀先留给你，它可完全符合出口标准。"

"也好。"他说着，便把她送出了门。

而门外，F正醉醺醺地爬上楼。

第十章

D快速地收拾完餐具，把一次性饭盒丢进垃圾桶，然后放好刀，就换衣服出了门。他习惯在晚间散步，这既有助于消食，又能让他整理一下一天的思路。不过今晚，他可并不是为了这些。十五分钟后，他走进西街巷子里的一家酒吧，要了一杯马天尼。

如果按照推理小说的情节发展走向，O应该马上会命丧于D的那把仿制刀下，但因为凶手戴着手套，所以刀柄上只留有D和她的指纹。假如他还待在家中，那么一旦调查起来，会缺少过硬的不在场证明。真正的凶手会是谁？为什么要杀她？这几天并未出现过壮汉的影子，他大概已经心灰意冷地回广州了吧。但也不排除他藏身暗处，等着合适的机会见O，再次请求原谅、复合。但她显然已将壮汉从自己的生命中抹去，自然不会答应，结果只能坚决地请他离开。这时候要是发生争执，很容易升级为肢体上的冲突。她很可能会拿起原本属于D的那把仿制刀防身，而壮汉则会无所畏惧地扑过去，最后两人肯定会扭打在一块儿。在夺刀过程中，由于两者体重和力量的巨大悬殊，她很可能会被压在身下，等壮汉起身时，才发现刀已插进了前女友的胸口。O已经断了气。

但凶手也有可能是F。此人看上去虽一本正经，但隐约透着一股阴郁。他今晚喝得神志不清，一时糊涂地敲错了家门，当然也有可能是他故意这么做的。而O误以为是D上楼找她，不想错过跟他共度良宵的机会，就毫无戒备地开了门，却发现门口站着的竟是F。她问他要做什么。他只答了句："屋里说。"她想要是被楼里其他人听见也不好，就让F进了门。F一进来就压低了嗓子恶狠狠地说："我好不容易把你调到这里，安排你住在我楼上，没想到你先是叫男朋友过来闹事，然后又跟楼下多管闲事的无业男子搞上，可真有你的。"O说："你疯了吧。"F不肯罢休，接着说："自从上周四在车里亲热过了之后，你就再也没理我了。"

"那就是最后一次！我们之间已经彻底结束了！"O承认F帮过她很大的忙，比如公司内部的升迁机会、新工厂选址落地等，都给予了她很大的便利。但万万没想到的是，他会要求公司高层把她调到他所在的城市，而且还安排和他住在同一幢楼里，这里总共也就六户人家呀！

"这不是变得更方便了吗？就不用再折腾了。"他捋了捋耷拉下来的头发。又有谁能想到他们会再见面呢？高中毕业后，O考入了广州的一所名校，F则去了华侨大学，自此落地生根，后来进了机关，结婚生子……把他的事单独拎出来讲，也算是靠自身努力平步青云的典范。但换到这个空间里，就不是这么回事了。F借着酒劲向O扑过去，想和她发生性关系，却遭到了奋力抵抗。她拿起之前放下的仿制刀，与F缠斗时，不小心摔倒，F的身体恰好把刀压进了她自己的胸膛。

"什么乱七八糟的。"D断了想象，问酒保又要了一杯马天尼。

D决定出来喝一杯，是因为三年前发生的一件事。他当时负责统管意大利家族品牌在中国区的广告投放，无论是传统纸媒、户外灯箱，还是新媒体、视频平台都在其列。有一次，某本知名杂志在北京举办盛大的年度活动，明星、名流云集，还有其他各个品牌的同行。D陪着他老板，也就是中国区总经理一同出席。媒体很用心地安排了不少明星和经纪人过来向他们敬酒，目的是想看看是否有什么合作机会，例如形象代言、开店剪彩之类的；同时也希望品牌能加大来年的广告投放力度。直到快结束时，有一个长期与他对接的杂志客户总监给他介绍了一个女孩,说是新来的销售,如果有什么问题尽管找她,一定服务到位。

那个新销售的个子不高,身材很丰腴,乳沟在深V领上衣中欢快地涌动,颇具异域风情。她十分客气地给D倒了一杯酒,然后自己一干为敬。活动结束后,他微醺着回到酒店,正准备洗澡时,电话铃响了起来。那个新销售说D忘了把礼品拿回去,她这会儿就在楼下,这就送到他房间里来。D做品牌这么多年,跑过很多城市,接触过各种经销商,什么事没碰见过。他提醒自己,千万别中套。门铃响了,他打开房门,那新销售穿着风衣,手里拿着红酒袋,说:"我帮你拿进去。"还没等D反应过来,她已走向床边的书桌。放完酒,转过身,她妩媚地一笑,试图勾引他,同时褪去了身上的风衣,露出白花花的裸体。他嘴角一扬,说:"你们也玩这套?真可惜我现在不是单身,否则倒不介意借着美酒和你快活快活。赶紧给我出去。"新销售呆若木鸡地立在那里,感觉自己又被扒了层衣服。

从那以后,D就再也不想给任何人敲门的机会了。

第十一章

又到了周五，天气阴沉，乱风阵阵。D沿着打锡街、九一街转入市儿童医院旁的河道，然后穿过湖心街，一直跑到东湖公园。绕湖跑了一圈之后，再从东街散步回家。经过麦当劳时，他顺便吃了个早餐，好久没喝过套餐带的美式咖啡了，现在喝起来味道也不差。窗外忽然开始落雨，他连忙起身往家方向赶去。九点二十分跑到庄府巷时，暴雨倾泻而下，一辆救护车在雨中呼啸而过。

巷口停着三辆警车，红蓝色警灯交替闪烁着。金鱼公寓门口围着许多打伞的群众，D挤身进去，发现有条警戒线拦在前面。两位警察拦住了他，他便解释说自己是二楼的住户，不知道发生了什么。其中一位小个子警察朝对讲机里说了几句话，让他稍等。三分钟后，一个警官模样的男子走下楼，示意让他进来。右手边K叔家的门开着，有几个人在里面说话。D上到二楼时，对门F家的铁门紧闭着。警官问D住哪间，他指了指左边，开始拿出钥匙开门。

"我能进去一下吗？"

"可以，到底出了什么事？"

警官跟 D 示意说在屋里讲，另一位女警员也跟着进了房间。

走进客厅，D 请他们坐沙发，警官摆摆手，只是环顾四周，客气地问："早上你去哪儿了？"发问的神态却很坚决。

"在东湖公园晨跑。"D 回答。

"几点到几点？"

接着他把自己在七点三十分左右出门后的沿途线路，以及在麦当劳吃早饭的经过如实地告诉对方。

女警员"沙沙"地在记事本上写着，胸前还别了一支录音笔。

警官点点头，继续问："昨晚八点左右，你在哪里？"

"在家。"

"就你一个人？"

"不是，和楼上的邻居 O。"

"你们俩一直在一起？"

D 琢磨着"一直在一起"到底是什么意思？他整理了一下思路说："昨晚七点半左右，她来我家一起吃饭，中间她回屋拿过一次东西，九点半我们吃完饭，她就回楼上了。我收拾完东西，出去转了一圈。"详细地说明了一下在某家酒吧喝了两杯马天尼的细节。

"中间她回去拿了什么东西？"一道锐利的光从警官的眼中射向 D。

"刀。"D 冷静地回答。

等他靠在书桌边把整件事前前后后的具体细节说了一遍之后，警官再次点点头。

在他们准备离开时，D 提醒了一句，说："昨晚吃剩下的卤味打包盒被我丢进了巷口的垃圾桶。"又问了他们一次，"发生了什么事？和 O 有关吗？"

警官停在门口，回过头说："你有两位邻居被刺，凶器是一把厨刀。"

D 瞬间有点发懵，甚至感到晕眩。他又追问了一句："是谁干的？"

但没人再回答。

稍后，负责案件调查的警员依次对金鱼公寓的所有住户的行踪进行了记录：

D七点三十分出门晨跑,在麦当劳有消费记录,几个路口的摄像头也拍到他的影像。他在九点半左右回到家。

M七点四十分出门上白班,人还没从医院回来。

K老两口七点整出门散步买菜,八点左右回到家。

摄影师J和他的化妆师女友一直都在家,事发之时还在睡觉。报警的正是他们。

F家男孩七点四十五分出门上学,至今还未放学回家。八点十分F妻独自上班,因为F昨晚应酬喝醉,一早没法开车送她。她出门时,F还躺在床上。现在她正从单位赶去医院。

F和O九点二十分分别被抬上救护车,正在医院抢救。

根据J和他化妆师女友的证词,他们在早上八点半左右被吵醒,以为是在做梦,就闷头继续睡。直到听到一声"救命",J才睡眼惺忪地爬起来,想着肯定又是那帮经常到巷子里钻桥洞的孩子们在胡闹。他打开门,发现O正倒在地上呻吟,楼梯口趴着F。

J立即报了警,拨号时间为八点四十四分,同时让化妆师女友打120急救。警察在十分钟后赶到,但F已奄奄一息,他们很快在二楼至三楼的楼梯拐角处找到了凶器,那是一把锋利的木柄厨刀，像电视里料理鱼生用的那种。救护车于九点整到达，把F和O同时送往医院。根据J的化妆师女友回忆，她昨晚回家上楼时撞见过O，当时她手拿一把刀走进了二楼D的屋子。

通往三楼的楼道被临时封锁了起来，由警员把守着。J今天手头还有工作，所以在配合警方取完证之后，就和化妆师女友一起前往影楼上班。D想下楼找K叔问问具体情况，却遭到了阻止，被告知现在最好待在家中。

他换下早已湿透的外套，冲了把澡，然后煮上了一壶咖啡。到底是谁干的？警察什么都没说，所以他对邻居的情况也一无所知。难道是F趁大家白天都上班了之后，利用时间差找的O？难道自己昨晚胡思乱想的剧情成了真？那也不至于两人都被刺伤吧。尽管O对刀具十分了解，但其力量和男性的相差很大，不可能伤到对方的要害。而且，又是什么原因迫使她把刀扎向了F，同时自己也身受重伤？

行凶者应该另有其人。如果F妻误会了他们两人之间的关系，借此转嫁仇恨，所以才一刀扎向O。而F怕伤及无辜，用身体一挡，结果被刺中了要害。但F妻又是怎么拿到的刀呢？其实从单位的考勤记录就能判断她是否可能行凶。

或者，行凶者有没有可能是 D 自己呢？

假设 D 因为 C 遭遇车祸去世而变得脑子不正常，像电影《禁闭岛》中的男主角一样患上了妄想症，进行了一场如下所示的表演：

七点半出门；

七点三十五分跑到九一街丰泽路的十字路口让摄像头拍下；

七点五十分跑到东湖公园东北门的国道和田安北路十字路口，再让摄像头拍下；

八点二十分跑回公寓拿样品刀；

八点二十五分敲 F 家的门，告诉他楼上出事了，赶紧一起去看看，在上楼的过程中，趁 F 酒劲未醒杀害他；

八点三十分敲开 O 的门，告诉她 F 倒在楼梯处，当她正准备查看情况时，一刀插入她右侧腰间，随后进入 O 的房间拿走仿制刀，并将凶器样品刀丢在拐角处；

八点三十八分离开公寓；

八点五十分跑到东街麦当劳购买早餐，制造在店内用餐假象，同时将仿制刀丢入正在施工的河道内；

九点整跑到东湖公园西北角的国道交会处让摄像头拍下他，完整地制造出七点五十分至九点期间都在绕湖跑步的假象；

九点十五分跑到西街东街交会处，再让摄像头拍下他；

九点二十分回到公寓。

但绕了这么一大圈，D的杀人动机又是什么？纯粹是因为精神疾病？

第十二章

两年前，D和C正处于热烈而清醒的恋爱期。但为了工作，他们并没想着马上结婚，而是想等各自的事业稳定之后再说。但他已经开始加大了存钱和理财的力度，计划把浦东的房子卖掉，再贷款买一套婚房，买到靠近她上班的地方，或者完全由她的喜好来定也行。一年前，D在意大利出差，他按自己的计划在米兰的珠宝店买好钻戒，想等着过几天就回国向C求婚。但世事难料，他人生中最悲惨的一幕，随着凌晨打来的一个电话降临。

C的葬礼结束后，D变得一蹶不振，他用光了所有的假期也没能调整回状态。意大利家族企业很念旧，对发生在D身上的这场悲剧深表同情，同意让他带薪在家休息，等恢复好了再回来上班。而半年之后，他最终还是辞掉了这份干了将近十年的工作。

根据警方的记录，由于在夜间高速行驶，再加上那天的能见度低，C驾驶的奥迪车在超车道上追尾撞上了前车，随后失去控制撞向隔离带，导致车身旋转直至翻滚。反复查看前后摄像头拍下的监控视频，警方发现虽然前车存在突然减速的情况，但依照法律，还是得由后车来负全责。于是就有了C存在疲劳驾驶的可能性的说法。

在那之后的半年里，他找到了那晚的那辆前车，并查出了车主的身份。故事写到这里，剧情似乎变得豁然开朗。那个司机就是F。当时车里还有一个人，就是O。监控视频里有一个镜头拍到两人亲热的画面，但警方说这并不能作为判定事故责任的依据。D当然清楚高速追尾如何判责，但这都不重要了，他已经与C阴阳相隔。

他调动起自己所有的知识储备，尤其是推理小说中一些容易被忽略的细节，继续调查F和O的住址、工作单位和家庭情况，以及他们两人之间的关系。D不禁感叹，有时在全身心地关注一件事的时候，事态可能会朝着有利的方向发展，例如O竟然搬到了F的楼上，这完全出乎他的意料之外。于是，D干脆将计就计，在网上搜寻附近房子的租售情况，以便能进一步地密切观察那两人的情况。巧的是，同一栋公寓里二楼的房子竟然也在出租。

D用了两个星期的时间，对金鱼公寓附近的环境、街道、路线进行了深入了解，并且成功地将自己塑造成了一个深居简出、作息规律的自由职业角色。他还冒充O的同事给壮汉发了条匿名短信，说有人对他女友图谋不轨，让他多长个心眼，保护好她。而这才是上周金鱼公寓"家暴"事件的根本原因。至于F妻，她应该在今天到单位后收到一封定时送达的信件，里面装着F和O在车里亲热的照片。而且，可怜的F妻将在受到打击不久之后，又接到她丈夫已死的电话通知。

那么，刀又是怎么一回事？

这很容易解释。过年前，D在广州调查O时，花一万块钱买通了她那家公司研发设计部的同事，收到了正处在打样阶段的厨刀尺寸、材质和款式的照片。毕竟直接偷拿样品的话，迟早会被发现。他在网上找了一位乡下刀匠，照猫画虎地做了一把，看上去简直和照片里的一模一样。同时，他用别人的身份证号注册了一个淘宝店，专门售卖各种从其他地方收来的廉价刀具，以此造成仿制品是从网上购得的假象。换刀的目的只有一个：世间只有O的样品刀，不存在D的仿制刀。同时，也给刀上面留下的那些指纹制造了合理的存在理由。要是随便买把刀行凶，会留下太多破绽。

但他为何要在今天行凶？

昨晚，即使O不主动找D吃饭，D也会上楼邀请她来家里，就当是作为前一天吃海鲜的回谢。再加上之前精心设计的用小说解救女孩、文学爱好者之间的交流等情感铺垫，看刀、谈刀、交换刀是必然会发生的环节。但只有两件事不在他的计划之中：J的化妆师女友撞见O拿着刀下楼；F醉酒回家。所以他去了酒吧，想好好盘算一下接下来该怎么办。

经过这段时间的观察，D 掌握了金鱼公寓所有住户的作息情况。对门的邻居在工作日早上通常是八点十分出门，他家小男孩则更早一些（他后来也实地确认了上学时间是早上八点）。F 先送妻到单位，然后自己开车去单位，雷打不动。D 今早八点二十分钟回到公寓时，发现 F 的车还停在巷口，就断定 F 人还在家中，除非他那天是打车上的班（这种可能性极低）。O 每天八点三十分左右出门，会先在新门街口的麦当劳吃早饭，然后步行去单位。

也就是说，D 得在必然中寻觅偶然。一旦 O 今早提前去上班，或 F 像平时那样先送妻去单位再开车到单位，今天的事就不会这样发生了。

这时候，传来一阵敲门声。

门口站着一位警察。

"我们已经抓到凶手，你们现在可以自由走动了。但还不能上三楼，因为现场还有一些需要指认的地方。"

尾声

下午五点，M 回公寓说了一下大致的情况。K 叔和 K 婶都在听，D 也加入了认真听讲的行列。F 和 O 被送到 M 所在的医院抢救，身为手术室的重症主任护士，M 还参与了救治。F 脖子的右侧动脉被割开了，值得庆幸的是呼吸道完好，经过大量输血后，F 已脱离生命危险，但仍在昏迷当中。O 的刀伤在肋部，并未伤及肝脏等重要组织。下午三点，女孩醒来，第一时间指认出凶手是壮汉。

现场发现的凶器是另一把普通的厨刀。由于 D 如实告知了与仿制刀、样品刀相关的事情，这两把利器被暂扣在警局。K 婶听完问道："到底多大的仇恨才能让一个人去杀另外一个人？更何况还是他女朋友。"M 纠正："是前女友。"K 叔摇摇头说："只有天晓得。"D 淡淡地叹了口气，深渊的两头，都不能好活。

F 因见义勇为，出院后被授予"泉州好人"的称号。

实际上，F 和 O 之间没有任何关系。

F 妻没有收到过任何信件和照片。

那么在 D 脑海里闪现过的那些情节与片段,又是怎么回事?

按照他自己的话来说:

"只是一种可能性的存在。"

被 删除的 账号

1 /

周四早晨阳光明媚，朝东向的公寓正处在一天中最美好的时刻。Z醒来点开电子屏幕，他习惯在起床前刷一下手机，瞅瞅一夜之间世界又有何变化，生怕错过什么奇闻逸事。

撸过一遍朋友圈，完成了一番友情点赞后，他打开了NIS，这是他近些年来十分喜爱的图片社交平台。不论是谁，只要对别人发布的照片感兴趣，就能关注他。通过NIS，Z

不仅有机会结识外国朋友，领略新鲜事物，还能暂时逃离生活中的沉闷乏味。

可是今天，Z怎么都登不上NIS。他一开始没当回事，觉得可能是网络突然出了什么问题，于是他重新回到朋友圈，读了一篇没什么营养的公众号文章。就这样从睁开眼算起，他已经在床上耗了半个多小时。等他再次打开应用，出现了一条提示："账户登录异常，请输入手机号，收到验证码后继续。"他按部就班地在收到短信之后再输入验证码。接着又跳出一个提示框："将对该账户进行验证，并在24小时后重启。"接着，Z的账户便自动退出。

怎么回事？

Z关掉应用，再重新打开，又一次输入了他的账号和密码。

"账户不存在"五个字如晴空霹雳般出现在他眼前。

什么情况？

他再次关闭重启，手机屏幕上显示的依然是"账户不存在"。他反复试了几回，甚至将应用软件删掉再重新下载安装，结果依然如此。

自己的账号就这么没了？

Z匆匆地洗漱、穿衣后出了门。在去上班的地铁车厢里，Z被人群挤在中间，心情很低落。他原本以为是NIS的服务器出了问题，但当他看到身边一个胖女孩的手指正在这个应用软件的界面上欢快滑动时，整个人都像是遭遇了背叛。

为什么偏偏是自己的账号出了问题？

一般来讲，遇到这种问题的人都会先问问身边的朋友是否有过类似遭遇。说不定别人也遇到过，并且知道怎么解决。但Z没这么做。也许是自尊心使然，也许是他长期的处事作风就是如此：即使发生了坏事情，也不大声嚷嚷，否则会有更多的霉运接踵而至。

Z在公司楼下的便利店买了拿铁和包子，上班没有迟到。坐到办公桌前，他想起了很多年前的某趟旅程，当时与他同行的一位老驴友讲起自己的笔记本电脑被偷的事，当时大家都还没有在家做数据备份的意识，更不会云同步，所以笔记本电脑被偷就相当于"过去的人生瞬间消失"！那位驴友只能通过博客和MSN空间找回零星片段，但即便如此，绝大部分旅行游历的照片也还是没了，得失落好一阵子。当时Z只是礼貌地表示可惜，提醒自己必须定期备份图片资料。但没想到，一个记录了自己多年经历的社交账号突然在今早消失，所以他现在的状态，基本上就和那位老驴友形容的一样："跟丢了魂似的。"

他并没有就此罢休，在开始工作前，他上网查到了 NIS 的客服邮箱地址，并向其中几个发送了电子邮件，说明自己的账号无法登陆。几秒钟后，Z 的收件箱就有了动静，他满怀期待地点开，没想到竟是发送失败的退信。

2/

Z 是一个程序员。他的工作单调乏味，难度也不大，慢慢做，任务最终总会完成，顶多就是加班赶个进度而已。他没有女朋友，其实是刚刚和对方分了手。除了上班通勤和在公司坐班，他基本上都是待在家里看碟、读书、听音乐。所以，Z 还算是一个合格的文艺青年。除此之外，他最大的爱好就是徒步爬山，每到周末，只要目的地合适，他就会加入不同的俱乐部到江浙一带走走。若遇到法定节假日，他会飞去全国各地挑战高难度的徒步线路。而这正是他玩 NIS 的资本，因为他发布的内容都是与徒步相关的照片，看上去十分专业，祖国大好河山的面貌自然也吸引了不少国外粉丝。

有一次他去了新疆，穿越乌孙古道，孤绝于世的天堂湖毫无保留地呈现在了他面前，扎营秘境之畔，遥望远处冰山，头顶漫天星河……这组照片的点赞数竟然超过了一百个，甚至还有一位法国女孩留言问他怎么去。几个月后，Z 见到了她，女孩从巴黎飞过来，在上海停留观光了两天，然后飞到乌鲁木齐，按照他提供的信息，报名参加了当地俱乐部组织的乌孙古道徒步之旅。他一边打开手机上的照片，一边用蹩脚的英语给女孩介绍着这条线路上的几处要点，并提醒必带的装备，以及在上海采买的地点。晚上，他请那女孩吃了本地的铜锅热气羊肉，她感叹道："真没想到火锅还有不辣的。"她那随风飘扬的金发、白里透红的肌肤、热情爽朗的笑声给 Z 留下了深刻的印象。尤其是她身上的那股异国气息，让他每每想起她来，都会闻到那远远飘来的香味。

所以说，Z 对这个社交平台投入了真情实意。但他从来都不发自己生活中的日常琐碎，一方面平日里的生活着实无趣，另一方面他觉得实在没必要让别人知道自己今天吃了什么、喝了什么。

总的来说，Z是一个性格比较内向的人。

他手指敲着键盘，脑子里却一直在胡思乱想。Z回想了一下，自己从未发过任何和商业相关的信息，也没有发过色情、暴力内容。难不成是账号被黑了？但为什么要黑他的呢？他只不过是一个普普通通的程序员而已。他所在的部门，也不涉及任何与金融行业有关的程序编写和端口链接。还是说在自己发布的某张照片中，隐藏着某条骇人听闻的案件线索？

Z摇了摇头，自己的水杯已空。

还有一种可能性，而且是极有可能的可能性。他很清楚这一点，在社交软件的系统中有一种操作，可以使某人的账号面临审查，并处于查封状态。如果真是这样，那就得把旧账翻出来细细算了。

3 /

中午在公司食堂吃饭时，Z 复盘了这桩陈年旧事。三年前的某个深夜，他在公司加班，当时正值酷暑，过了下班点大楼的中央空调停止了制冷，他只能淌着汗赶进度。忽然手机铃响了，他一看是前女友，觉得很诧异，因为自分手后，他们两人已经有六年都没有了联系。

"喂？"电话那头的声音听着颤颤抖抖的。

他反问："你是不是 W？"

"是我……"W 说，"我可能中邪了……"

"啊？你这话是什么意思？"Z 一头雾水，晚上独自一人在办公室听别人说自己中邪，他背后泛起了一丝凉意。

"我不知道是自己的问题……还是他……的问题，现在……我也不知道该怎么办才好……"她吞吞吐吐地才把句子讲完。

"你在哪儿? 出了什么事?"他想尽快知道她来电的用意。

电话那头传来一阵哽咽声，她缓了一口气才继续开口："……能见面再说吗？"

毕竟她是 Z 交往过五年的前女友，即使感情不在，但他们彼此也算知根知底的。Z 说："我加完班过来找你，你先找个人多的地方待着。"

一个半小时后，Z 在南昌路的一家酒吧见到了 W。她穿得依旧很入时，蓝色风衣配白色阔腿裤，再加上她一米七的个子看上去更扎眼。只是脱下墨镜后，她才显出一脸憔悴，两眼深陷，四周泛着一圈泪痕。他心想她是不是有意找了一个灯光昏暗的地方见面，让自己看上去不至于太过苍白。

"你怎么了？发生了什么？怎么突然想到联系我？"招手要了杯啤酒之后，他一下子抛出了三个问题。

W 紧握着手中的那杯不知名的特调鸡尾酒，断断续续地把事情的大致经过讲了一遍。

她跟她现在的男朋友是在一次公司研讨会上认识的，他当时以讲师的身份，被请来负责教授如何利用团队合作精神实现更高的公司效益。虽然他个子不高，但谈吐优雅，讲的内容结合了大量真实案例，深入浅出，可以说直抵人心。在授课过程中，讲师会和台下听众产生眼神交流，并且挑选一些同事参与互动。作为标准的美人，W在任何人群中都是出挑的，再加上自身优渥的家庭条件，一身精致的打扮更是让人难忘。虽然他俩的目光有过接触，但讲师一次都没让她回答问题，不免让她感到小小的失落。

课间休息时，大家都在走廊的茶点桌上取食，但轮到她在咖啡机上选择拿铁时，机器却迟迟没有回应，屏幕上只是一闪一闪地跳灯。算了，那就喝茶吧。这时背后突然传来一个声音："应该是咖啡盒满了。"她回头一看，是那个小个子讲师，因为自己穿着高跟鞋，比他还高一点。没等她反应过来，讲师就上前摆弄起咖啡机，抽出一个盒子，把咖啡渣倒进旁边的垃圾桶，然后装回原处，再重新启动，整个过程用时不到一分钟。他又从旁边拿来一个杯子，摁下按钮，"嗞嗞"几声，拿铁就打了出来。讲师转身把咖啡递给她，只微微一笑。

"然后呢？"Z隐约觉得那个讲师应该是个钓鱼老手。

W接着回忆起来：研讨会结束后，那讲师说如果大家对职场课程有兴趣，可以扫描二维码，那是他公司的公众号，上面有相关内容和活动介绍。她礼貌性地加了一下，但并没有再联系。直到有一天下班，那天雨下得很大，她在楼下一直叫不到车。这时候，一辆保时捷突然停在了她面前，车窗摇下，是那个讲师坐在驾驶座前。他问她去哪，方便的话可以送她一程。她说"那多不好意思"，根本没想着上车，毕竟才和他见过一面，两人都算不上认识。那讲师说："上来吧，我又不会拐卖你，不放心的话可以先打个电话报备。"那天她正好急着回家，父亲六十大寿，亲戚们都在家里吃饭。于是就上了他的车。

Z皱了皱眉头，问道："这就好上了？"

W说没这么快，后来他偶尔会联系她一下，问她有没有空一起吃饭什么的。她跟Z是大学毕业两年后分的手，之后谈了个英国男朋友，后来老外回国了，恋情就此告了终，她自己都觉得莫名其妙。遇上讲师那会儿，她正好单身。他俩每次吃饭都去外滩，或者其他时髦地方的昂贵餐厅，例如御宝轩、8 1/2、誉八仙、Joël Robuchon（这些餐厅名，Z一个都没听说过），当然每次买单的都是讲师。他俩就这样交往了三个月，有天晚上吃完饭，讲师问她有没有兴趣去他家里坐坐。

"呵呵。"Z笑了笑，说，"就知道。"

W摇摇手，解释说不是他想的那样。她没理由拒绝讲师提出的邀请。他家住在新天地济南路上的高级公寓里，对于一个单身男人来说，那里空间过大，东西不多，家具很简洁，看着不太像家。其实她也不傻，她之前通过公众号了解过这个人的情况，以及活动内容页面下学员的互动反馈。除此之外，她还问过当时请他来讲课的培训部同事，他们说那讲师在业界可小有名气。因为晚餐喝过红酒，讲师就泡了壶茶，两人边喝边闲聊。十点左右，他说时候不早了，就叫了辆车送她回家。

因为工作属性，Z接触的人情世故并不多，但从读过的书和看过的电影来分析：这种男人，要么是个正大光明的好人，不然就是个处心积虑的变态。前者的可能性极低，因为他觉得要真是喜欢一个人，根本不需要那么多前戏。

"听上去都不错，哪有什么问题？"他假装不明白。

W说直到后来和这个讲师一起去丽江旅游，他俩才发生了关系。就这样又过了一段时间，有一次，她趁讲师送她回家的时候，把他介绍给父母。他们觉得讲师仪表堂堂，文质彬彬，虽然是外地人，但居然听得懂上海话。嫌他的只有两点：个子不高，年纪稍微有点大。

"他年纪有多大？"Z 好奇。

"四十二。"W 弱弱地回答……

"只大你一轮而已，还好。"他又说了反话，心想那人应该离过婚、有小孩吧。

W 说确定关系之后，他俩就以男女朋友的身份出现在朋友的饭局或同事的聚会上。大家都觉得讲师人很好，对她体贴入微。但三个月前，发生了一件事。

Z 大致能猜到，便问："问你借钱？"

W 不好意思地点了点头，说其实是她自己主动借钱给他的。Z 想起上大学时，他可是校足球队的主力后腰啊。大二那年，他随校队一起夺得过全国大学生足球联赛的冠军，那时整个人都是飘着走路的。有一次在食堂，他看到了 W——这个亭亭玉立的高个女孩在打饭，他不知从哪儿来的勇气，等她坐定后便走上前去，问："同学，你是哪个系的？"这件事成了学校当天最大的趣闻：校足球队 Z 当众向服装设计系 W 表白，惨遭拒绝。

W有一天下班回家和讲师一起吃饭，他连一筷子都没动，也没说话，只一个人喝着闷酒。W便问他出了什么事，他说自己的合伙人跑了，把公司的烂摊子全都丢给了他，包括欠下了的高利贷。她问他接下来怎么打算，讲师说只能先把车卖了来维持公司的正常运营，同时把已经开始的几个课程项目按计划结束，不给客户和学员造成损失。她说如果他的钱不够的话，自己还有点存款，他可以先拿去用。讲师说怎么能拿她的钱。她只是说："没事，反正自己暂时也不用。"

"多少钱？"Z问，这才是整件事的关键。

"六十万……"

"你哪来的这么多钱？才工作九年。"他觉得W疯了。

W说她问父母借了三十万，但没说是用来救讲师的急，而是编了个理由，说要投资黄金。Z笑笑说："你爸妈就是看重钱，一听投资就亮绿灯，当年你跟我分手，不就是他们嫌我穷嘛。"W说怎么提起这事，情况并不是他说的那样。言归正传，钱借出去了，但半个月都没讲师的音讯。当她真以为自己是遇上了骗子时，他又出现了。他开着宝马，说把房子抵押了，公司终于回到正轨，今天来还钱给W，否则都没脸见她。

"还了吗？"

"还了……"

这点倒是让Z感到很意外。但这也预示着W即将进入另一个陷阱。"后来这人又问你借钱了吧？"他又要了两杯啤酒，示意服务员把一杯给W。

W支支吾吾地，说也不完全是。两个月前，讲师说他想在广州开分公司，那边的市场很适合拓展职场培训，问W有没有兴趣合伙。她一开始很抗拒，因为这事完全超出了自己的认知范畴，只是随口问了句大概多少钱，讲师说一百万左右，语气很平静，如果顺利的话一年就能回本，并且开始享受股东分红。她坦言自己对这项投资不感兴趣，而且也没有那么多钱，但如果他前期需要资本，可以把自己的三十万存款再借给他用。

酒端上来，W只嘬了一口，其实她并不喜欢喝啤酒。

讲师摆摆手，说他自己就不该提这事，还是找生意上的朋友合作项目为好。那天过后，他又消失了一段时间，W

每次发微信问,他都说在广州,等忙完就回来。直到一个月前,两人才又见上面。讲师看着很疲惫,比之前苍老了许多,两鬓还多出几簇白发。他说自己错误地估计了初期投入,搞得现在场地的配套设备都没资金购买。

说到这里,Z轻轻地敲敲桌子。没错,W问堂姐(一个富婆)借了五十万,说是要投资服装外贸工厂,不要让她父母知道。然后连同自己的三十万,全都转给了讲师。没有借条,没有像刚开始说的合伙投资书,这笔钱纯粹沦为了恋爱中的情感资助。两个星期前,讲师又消失了。

4/

后来发生的事情,略带血腥味。Z让W把借钱给讲师的凭证收齐,不然没有证据,报了警也不能立案,更不可能向法院起诉。接着他就去找做警察的初中同学和做法官的高中同学,和他们一起商量对策。Z想先找到这人,用法律的名义警告他。如果他还不还钱,就再找另一个混社会的初中同学出面解决。

不查不知道，一查吓一跳。原来这个讲师连大学都没有读过，他所谓的"公司"只是个空壳而已，根本没有做过注册登记，公众号上的内容大多为捏造。两年前，此人花了三十多万买下一辆二手保时捷卡宴，接着又卖出，三个月前又花八万买了一辆二手宝马五系，他在济南路的高档公寓则为短期租赁。按照身份证上的信息查询，此人的常住地在深圳。

还好有他人相助，W才没有越陷越深，否则真得成为被情感操纵的傀儡。她听进了前前男友Z的话，不仅向堂姐如实相告了钱的去处，也对父母讲出了实情。都到这个节骨眼了，大家也不忍心责怪她。警方很快就找到了讲师，态度很明确：要不还钱，要不就坐牢。他一开始还嘴硬，说警方并没有他借钱的证据，那明明是W心甘情愿做出的投资。但当警方要他拿出投资的凭证或合同时，讲师又拿不出，同时W一口咬定自己的确是借了他钱救急，还拿出银行转账凭证（备注上竟然写有：临时借助），他只好答应尽快还钱。

一个月后，没想到这个男人竟跑到W家，要当着她父母的面割腕，还说自己有多么爱他们的女儿，没想到被她当成了骗子。其实他根本就没想着死,刀划了半天也只是装模作样,警察一来就把他送去了医院,根本没出什么大事。有一天下班,讲师突然出现在 W 的公司楼下,吓了她一跳。她不想闹出什么事情,赶紧给 Z 打了个电话。Z 丢下键盘,立马赶到,把那小个子男人暴揍了一顿,把门牙都打掉了,脸肿得跟猪头似的。结果自己被抓去拘留所关了一个礼拜。Z 在警局备案时,对讲师说了句话,成了他这一生最敞亮的宣言:"记住我的名字,别让我再看到你。"

一定是这个家伙,Z 想到。这段往事在他脑中过完一遍,不锈钢餐盘里的饭菜也都空了,他都不记得吃了什么。

下午开始工作前,他再次用手机尝试登陆 NIS,却跳出了一条全新的提示信息:"该账户因涉嫌违规,已被停用,如有疑问,请点击帮助。"

Z 想要不要先问问 W,之前听她说过这个人曾涉嫌多起经济诈骗,还差点导致一个女孩自杀,因为这些罪行被判入狱了三年。要这么算起来,时间完全对应得上。但五秒钟后,他又放弃了联系她的念头。

Z 点开了"帮助"的链接。密密麻麻的英文下面有两个选项,"是"和"否"。他选择"否"。然后往下拉,页面出现了几处需要填写的地方,他输入完真实姓名、用户名、邮箱地址与备注之后就点了"提交"。刚提交完,他就后悔了。自己的手机会不会被植入了钓鱼软件?但他早上重新安装过系统,应该不会。他没继续多想,就打开陪伴自己多年的编程读码软件,借机暂离世俗片刻。

不知不觉就到了下班时间。他回过神,再次陷入了因账号消失而产生的焦虑中。真奇怪,虚拟世界的得失是如何做到左右一个人的得失的呢?Z自我分析了一番,他觉得可能是因为自己从不发朋友圈,NIS是他的唯一一个按照时间线记录生活的社交软件,所以账号一旦没了,那过去几年的关键时刻就都得重新回忆。再加上他还是个装备控,如果看不到国外朋友使用装备的经验,就只能在国内电商平台上盲人摸象了。

Z正准备收拾东西回家时,他的邮箱突然有新邮件跳出。是NIS发来的,Z松了口气,他终于收到了官方回复。邮件内容大致是为了确保使用安全,需要账户持有者在A4纸上手写出真实姓名、用户名,以及邮件中附上的一段数字，并手持这张写好的纸拍摄正面人像照，脸部和字迹都得看得清晰，保存为 JPG 格式夹在附件中予以回复。

"呵呵，当我是傻子？自拍嫌犯照，还要亲手写下不知含义的数字，万一是承认某桩罪名的代码呢？"Z 自言自语起来，"想挖一个这样的陷阱给程序员跳，我会上你的这种当？"他越想越觉得可笑，一个诈骗犯竟然想通过这种方式展开报复。行，算他赢了开局。

Z 拨通了初中同学的电话，问："你干吗呢？要不要一起吃个饭。"他同学回答："正在值班，不方便，有什么事快说，别平时不联系，一出现就是救女人。"他继续说："想让你帮忙查一下三年前那个诈骗犯的服刑情况，我想知道他是否已经出狱。"同学说："我又不是国安局的，不涉及案件就无法查询公民信息，而且监狱隶属司法体系，公安无权过问。"Z 就把自己账号消失的事简单讲了一遍。"你的脑子是不是编程编坏了？"同学劝他不要疑神疑鬼，无中生有。他问："怎么才能查？"同学说："真要查，你就得请律师针对某个案件提出起诉，法院受理之后才能开具查询证明。"他吃惊地说："要这么复杂啊？"同学笑着说道："你以为像你打个人那么简单？"

Z又给高中同学打去电话，问："你下班了没？要不要找个地方喝一杯？"同学说自己最近忙得很，几起案件都堆在一起，然后直接问Z："你有什么事？别平时不吱声，一张口就事关人命。"他说："我想查一个人的服刑情况，需要开具证明。"同学说："我又不是开假发票的，法院的所有工作都是根据诉讼展开的。"他又把自己账号消失的这件事大致讲了一遍。同学说："你是不是工作压力太大，得了被迫害妄想症？又不是银行账号被盗。如果你真想查，得请律师针对某个案件提出起诉，法院受理之后才能开具查询证明。"Z反问了他一句，说："你们是不是一伙的？"同学说："看来你肯定是找过人民警察了。"

Z没想到两通电话打下来竟然都没什么结果。难道就这么让诈骗犯给轻易得逞了？虽然Z平时话不多，但真要钻起牛角尖来，连他自己女朋友都会受不了。他想了想，然后拨通了第三个号码。

"喂？"

"喂？"

"喂什么喂！说话。"

"想让你帮我查一个人。"

"两万，但不能保证一定查到。"

"神经病，你是掉钱眼里了吧？查一个人要两万？"

"老同学，帮帮忙哦，我是讨债公司，要养人，要打点，没钱怎么办事？"

"我应该是被人盯上了。"

"哦？这也不奇怪，你打过的人可不少。"

"滚蛋。打个对折，赶紧查。"

"老实跟你说，现在随随便便找个私家侦探，报价也要五个手指头起，被骗风险还超过七成，你自己看着办吧。"

"那不查了，有空再一起泡澡。"

"算你狠。给我名字，微信转账，备注写教育咨询。"

"好极了，都拿教育做幌子。"挂掉电话，Z 感觉心里的一块石头落了地。

他抬头一看，时钟显示晚上七点。W 应该快下班了，如果他自己被盯上，那么她也很有可能处在危险之中，毕竟诈骗犯躲在暗处。从 Z 公司到 W 公司走路不到三公里的路程，他打完卡下楼，骑上一辆共享单车，直奔W公司而去。

5/

都市入夜，华灯初上，很多记忆突然涌上了Z的心头。大学食堂的那一幕再次映入他的脑海：W没有回答Z，默默地吃着盘子里的芹菜鱿鱼，四周的同学们都乐坏了，还有人说："一边去，懂点礼貌行不行，正在吃饭呢。"他只能挠挠后脑勺，灰溜溜地离开。Z没有谈过恋爱，不知道该怎么追女孩。寝室同学给他支了一招，怂恿他买好花去W的宿舍楼下，大声喊喜欢她。Z说自己做不出这种事情，可是一见钟情的能量巨大，翻来覆去、苦思冥想了一个晚上之后，他最后还是硬着头皮去做了。那天，整个八号女生宿舍都在起哄看戏，掌声里还夹杂着唏嘘声。手拿玫瑰的他在那一刻显得既期待又无助，杵在花坛边上等待着W的答复。这件事又成了当天学校最大的笑话：校足球队Z手捧鲜花前往女生宿舍楼向服装设计系的W求爱，却无功而返。

告白失败弄得他意志消沉，憋在心头的闷气只能到球场上发泄。在那个周末举行的全国大学生足球联赛上，他踢进了一球，但终场前因动作过大，被红牌罚下，离开球场时他还差点和对方球员打起来。星期一中午，他和计算机系的同学在食堂吃饭，刚吃了两口，就感觉有一个身影在向他靠近。同学们不约而同地悄悄撤离自己的餐桌，但他没管，继续闷头吃饭。

"这里有人吗？"问问题的是一个女孩。

Z慢慢抬起头，正要开口回应时，却先惊呆了，当时他嘴里还叼着半根排条。

"红呼呼的，一点蔬菜也没有。"女孩看了一眼他的餐盘说。

"有啊……番茄炒蛋。"

W把桌上其他人用过的餐盘推到一边，动作麻溜地坐下。他们两人就那样静静地坐着吃饭，像在演一部默片。在此期间，同学们先后拿回了餐盘，迅速地离开。

"你是哪个系的？"吃了一会儿，她先开口问到。

Z抬头望向W，这是他第一次这么近地看W：乌黑的长发、标致的五官，没有一处过大，也没有一处过小，整体看上去像精确编写出的一组程序数列。

这件事无疑又成了当天轰动全校的新闻：校足球队 Z 与服装设计系 W 共进午餐，剧情出现了反转。

拿铁快喝完了，Z 抬腕看表，快八点了。他在 W 公司对面的咖啡店静静地观察着，她的身影突然出现，飘逸的黑色风衣，修长的牛仔铅笔裤。她从包里掏出手机，看了一眼，放到耳边，那样子看着像是在和谁打电话。不一会儿，她朝办公楼的东面走去，走进银行的 ATM 取款机处。他觉得情况不妙，现在谁还用现金啊？Z 四处打量，希望能捕捉到某个可疑人物。

差不多三分钟后，W 从银行出来，回到了办公楼门口。这时，一辆黑色沃尔沃开上前，她直接坐上了副驾驶。司机是个男的，留着郭富城式的发型。如果是手机叫的专车，一般都会选择在后排落座，莫非她这么快就谈上了新朋友？这时路边正好有人下出租车，Z 赶紧跳上去，说："师傅，跟上前面那辆车。"那师傅说："跟什么跟，我要交班回家吃饭了。"Z 又说："人命关天，我多付你一百块。"司机嘟囔了一句，发动了车子。

二十分钟后，那辆黑色沃尔沃在长乐路536号门口停下，W下车走进了第一妇婴保健院。这让Z有了一种不好的预感。他扫码支付完车钱，便悄悄跟上W，和她之间保持二十米的距离。他见前女友拐进一栋房子，摁了电梯。等屏幕上的数字停在3之后，他走楼梯上到三楼，一推开门，标识牌上写着"产妇住院部"。他径直走向服务台，问："刚才上来的女子进了哪个房间？"护士心存戒备地看着他，Z连忙解释自己是她男朋友，刚才去停车了。护士翻开本子，指向一边，说："318室。"他蹑手蹑脚地走过去，快到门口时，探头往里望。只见W正坐在病床边，他长舒了一口气，想应该是什么人生孩子，她取了钱打算塞红包的。这时候，Z的手机响了，他赶紧回避，走到电梯口才接。

"喂？"

"人查到了。"

"出来了？"

"嗯，上个月刚放出来。"

"果然如此。"

"这人名声很臭,还欠了不少高利贷,应该正在躲债、逃债中。"

"你要不提我都忘了,这家伙还欠W三十万没还。"

"别忘给我转钱,我喝老酒去了。"

Z挂掉电话,在手机上成功转账给对方。正当他感叹一万怎么就这样没了的时候,电梯铃响了,门一开,走出一个男的,他一看感觉有点眼熟。这不就是刚才那辆黑色沃尔沃的司机?那男人也看看他,问:"你是W的男朋友?"Z不知道要怎么回答这个问题,就摆摆手,示意对方认错了人。然后假装接电话,摁电梯下去了。

他在电梯里想起来,之前应该在某次聚会上见过这个男的。他是W好友的老公,估计老婆今天刚生完孩子,接W过来看看。虚惊一场,他摇了摇头。突然他又想起那个消失的账号,那上面还记录着与W一起徒步的美好时光,他们一起走过的那些地方:四姑娘山大峰、临安三尖、宁海一日百里,还有人间秘境雨崩村。现在回想起来也觉得挺好笑,W其实根本不喜欢爬山,每次都是被Z硬拉着才去的,结果每次回来都抱怨自己的腿又粗了一圈,住宿条件又那么差,她再也不要去了。

走出住院部的大楼,他抬头望向夜空,觉得自己很可悲,竟然把现实中的喜怒哀乐都寄托在一个虚拟的社交平台上,他又不是90后、00后,怎么这么容易被网络世界左右了自己的情绪。忽然,他感觉身后有一股不祥的气息在逼近。还没来得及等他回头,腰间就一阵冰凉,酸得钻心。

"果然是你。"

"不是要让我记住你名字吗?"

Z捂住伤口,看着诈骗犯,感觉他那样子像是三天没吃过饭似的,没想到三年牢狱生涯能把一个四十五岁的中年男人折磨成这副样子。再瞥一眼他手中的利器,是把折叠小刀。他退了一步,侧过身,半弯着腰,用另一只手示意别客气,再来。

"要不是你们,我怎么会有今天!"诈骗犯怒目圆睁,说完就喊着刺杀过来。

Z一把拍掉他的刀,用原本捂着肚子的手朝对方喉结送出一掌。诈骗犯瞬间倒地。Z迅速单膝磕压在他胸口上,挥舞起拳头,把他的门牙(假牙)全给打掉了。

这时，Z耳边传来了一阵嘈杂声，而且越来越响："不好啦，有人打架。"

再后来发生了什么，他就不记得了。

6 /

Z做了一个梦，梦到NIS给他发了封道歉邮件，称由于操作失误，系统把他列进了可能对美国产生危害的潜在威胁人物中。NIS希望他谅解，还称这种情况并非个例，涉及的账户多达几十万，他们将会逐一回复。他正想回信写点什么，却顿感腰间麻痹，浑身无力。"我可是校队的主力后腰……"后来听护士说，他昏迷时总在念叨的就是这句话。

刀 与 铳

天下武功唯快不破,每当有人说起这句话,L听完都会淡淡一笑。

1/

从平壤战场回来已三年有余,L从未想过涉足江湖。要不是那晚有贼人闯入他隐居的山林,估计也不会无缘无故地多出三具尸体。

事情发生的经过大致如此：

贼人一：我肚子饿得不行，你们看前头正好有间茅舍。

贼人二：荒郊野岭的，肉怕是没有，倒可以把人剥皮拆骨，下锅焖炖。

贼人三：世道再乱，也不能吃人。

当他们一脚踹开竹门时，L正在泡脚，他那天正打算早点睡，未料却迎来了不速之客。

贼人二：老头，可有什么吃的？

贼人三：官兵追得凶，我们逃了三天两夜。再不进食，可要吃人了。

L：等等，你们是不会敲门吗？

贼人一：什么意思？

L：门好好地在那里，踹它做什么？

贼人二：你是活腻了吧，看我怎么收拾你。

L示意让他等一下。但贼人二才不管呢，直接就挥拳过来。而L一把抓住对方的手腕，反转，折断。贼人二哇哇乱叫。

贼人三：住手，你要动粗可没得好活。

L说自己从不谈生死。同时用另一只手拿过脚布，擦干双脚。贼人二还蹲在地上呻吟，哀求大哥快收拾掉这老头。

贼人一：看来老哥练过几手，但这些在我们江湖人眼里不过是花拳绣腿而已。

L只说赶紧给他滚蛋。

贼人三：我大哥的快刀曾与断魂枪斗过十几回合，你别自寻死路。

贼人一摆摆手，意思是叫他不要吹牛皮。

L：我从没听说过。

贼人二：看样子得把你削成八块才能解气。

贼人一说就这样吧，别废话，进屋都有段时间了，什么都没吃到，让他着实恼火。正准备出手时，贼人二的脖子就被L手中的小直刀给抹了，血花顿时乱溅。这一幕在昏暗的烛光中具有十足的戏剧张力。

贼人三吓坏了，边喊叫着边往后退，如惊弓之鸟一般。贼人一向前跨出一大步，同时抽出腰中大刀，由下而上朝着L划去。

客观来讲，从他的动作看，此贼人算得上是个行家里手。

可惜刀还没落达目的地，他的脖子便被飞来的小直刀扎穿，他傻愣了三秒，便"扑通"一声倒在地上。

贼人三见状，失了言语，连滚带爬地往门外逃。终被L飞来的一脚踹断了腰。

死之前，贼人三试图向老头求饶，但L觉得毫无放生的必要。

那三个死人身上除了些许银两之外，值钱的只有那把未能及时抽出的大刀。L拿起刀端详了片刻，摸着刀身上的花纹，扬起了嘴角。这刀他见过，并非产自中原，而是来自西域帖木儿，俗称大马士革刀。

L花了些力气，终于把尸体丢进了挖好的大坑。等盖上土，铺上枯枝败叶，L摇了摇头，心想回屋还得重新洗漱。

2/

再过几个月，L就要到知天命的岁数。他杀人如此麻利、不带丝毫犹豫的原因只有一个：沙场之上只存在必杀技。要细细数遍他参加过的战役，恐怕皇帝都要吓一跳。

L十六岁那年，倭寇猖獗进犯，戚继光在浙江、福建两地募兵。反正闲着没事干，肚子也吃不饱，L就离开了老家奉化的乡村，去宁波府报名。阴差阳错之间，他跟着路上结识的一伙朋友进了戚家军，成为第二批特训步兵。半年后，他的戎马生涯正式开启，从1562年的福建之战算起，转战兴化、仙游，然后北上防御鞑靼、土默特，直到1592年出国攻上平壤城头，此间的三十年来他杀过的人，自己都记不清了。他一开始还会计数，但到后来，因为实在是太多，就懒得算了。毕竟，最重要的还是活下来。

　　作为当时东亚最强军队中的一员，L浑身都是伤，身体被刺穿几回其实都不算什么，最让他头疼的是半月板，一到下雨天就开始犯疼。这也是他退伍回老家的最主要原因。

　　L算是一个横跨嘉靖、隆庆、万历三朝的老兵。但这么厉害的角色，怎么就没当上个一官半职、被封个什么守备或参将？原因很简单，明朝的募兵制，兵属民籍，军官都为世袭，属卫所制。所以，资格再老，兵还是兵。如果硬着头皮往上头塞钱，或许也能做上个地方巡检之类的九品芝麻官，但L对这些都没什么兴趣。况且他也不需要钱，爹妈在他参军后的第五年就去世了，当时他人在蓟州，无法回乡奔丧。L每年的军饷有十八两银子，加上最后一年在朝鲜拿到的四十三两银子，刨去必要开销，剩下的足够他在山里度过余生。

今晚之前，L在生活中从未杀过一个人。换句话说，十六岁之后、四十六岁之前，他都在军队里生活，没接触过市井，更不用说江湖。

3/

第二天，L下山去州城卖刀，想着得来的钱能去青楼找他的相好过一晚。

他走进当铺，喊了声："老板，卖刀。"

一个老者从门帘后探出头来。

他把刀放在桌面上，老者郑重地将它端起，翻来覆去地看了许久，然后轻抚刀身，一丝冰凉的感觉从他皮肤上划过。

"乌兹钢，西域的大马士革刀。"

"嗯，识货。"L没想到这小地方还有人懂这个。

"没有刀鞘？"老者问。

"没有。"他这才想明白那贼人出刀不够及时的原因。

"那顶多值二两银子。"老者将刀放下。

"这把刀算得上品。"L其实无所谓，只不过以他在北方御敌十多年的经验推断，只有贵族军官，才配拥有这样的兵器。

老者抬起头，轻描淡写地说："不如戚家刀管用。"

听到这句话，L心头微颤，眼眶竟有些湿润。

算上昨天从贼人身上搜得的二十余两银子，L这下多出不少钱。他先去酒楼好好吃喝了一顿，还买了一包千层饼和一条苏绣丝巾，带着醉意去青云楼找小婉。

"好久不来？"小婉来自哈密，官话说得不标准。

沿海一带的客官都喜欢婀娜娇小的女子，尤其是江南女子更受宠爱，而比较受欢迎的异国女子多来自安南国和倭国。也可能是鸨母觉得L穷当兵的好打发，便把小婉塞给了他。

没关系，L喜欢。在北方和鞑靼打了那么多年仗，他也玩过当地妓院里的西域女子,都十分给劲,在她们身上,他可以无尽地释放自我,忘记家乡,忘记战争。最重要的是,他能找到一种被蹂躏的感觉,暂别刀枪剑戟的攻势。

"给你买的。"他把礼物放下。

小婉显得喜出望外,急忙拿过礼物拆了起来:"丝巾,漂亮!啊,还有小吃!"

L很高兴,一把将她挽过来,开始爱抚,亲吻脖子时,他感觉自己都闻到了塞外的气息。

因为语言存在一些隔阂,小婉从不问东问西,L也不清楚小婉是怎么流落到奉化县城的。但只需一个眼神,她就知道他要什么。

今天不知为何,在两人亲热了一番之后,L讲起了那把大马士革刀。

"昨天得到一把刀,来自帖木儿。"

"波斯?"小婉用外语发音说出了这个词。

"是的,很漂亮。"

"你喜欢刀?"

"谈不上喜欢,但曾与刀为伍三十年。"L捋着怀中女子那头浓密的乌发说道。

小婉没接话,也可能是没想清楚该怎么表达。

"你知道我是做什么的吗?"

小婉从他的臂弯里立起身来望着他,说:"浆糊人使(江湖人士)。"L哈哈大笑起来。隔天清晨醒来,窗外传来清脆的鸟鸣声,小婉还在熟睡,她那立体的侧面轮廓,让L忍不住地凑上前轻吻了一下。

穿上衣服,在桌上放下二两银子之后,他便悄悄地合上门离开了。

4 /

他走到路口的茶楼,坐下要了一屉包子。茶满上后,L慢慢地喝起来。

这时他感觉有人在向自己走近,手里还拿着一把熟悉的物件。

还没等他搞清状况,对方就已在桌对面坐下,说:"兄台起得早。"顺势抱拳作揖。

"我们认识？"L心里惦记着包子，折腾了一晚上，他早已饥肠辘辘。

来者把缠着布的物件往桌上一摆，说："我们都认识此物。"

L抬头看了一眼坐在他对面的这个人，眉清目秀，两鬓却留着两束白发。

这时，店小二端着一屉热气腾腾的包子上了桌。L根本顾不得其他，直接拿手抓来一个便塞入口中。

"在下凌霄云。"那白发男自我介绍道。

"哦，名字不错。"喝过一口茶，L抓来第二个包子。

凌霄云解开裹布，亮出漂亮花纹的乌兹钢刀面，对L不紧不慢地说："十两银子就把它卖了？"

L嘴里嚼着包子，心中骂道："那老家伙，才给了我二两。"

凌霄云接着问："兄台从何处得到的此刀？"

拿过第三个包子，L看着对方说道："防身所得。"

凌霄云觉得L的视线虽然落在自己身上，却根本没有看他。

"你可知这把刀的主人？"凌霄云不依不饶地问出第三个问题。

L有点不耐烦了，心想有屁快放，搅得老子早饭也吃得不顺畅。

凌霄云起身，说："吃完三个包子差不多了，既然兄台始终语焉不详，就别怪我失礼了。"（后来有人告诉L，那白发男是天下第三快剑，青城派的真传弟子。）

L叹了口气：本来进城是找快活，怎么偏偏生出这等麻烦。

此时，凌霄云的剑已出鞘，向L的头部刺来。在这一瞬间，L想起三十二年前的兴化之战，他当时还是一名新兵，毫无经验，倭兵提刀刺来，情急之下他竟把手中的盾牌甩了出去，直接砸中了倭兵的脸门。等从这段往事的记忆中回过神来，剑离他仅有三寸距离。L猛地一侧身，同时把抓在手里吃剩的半个包子甩向凌霄云。

凌霄云毕竟不是一个无名之辈，头一偏就轻松避开了。但他没能猜透的是L为什么会喜欢在这间茶楼吃早茶。因为这里的包子馅相当出彩，猪皮煮烂后剁碎，再混进猪肉和猪油反复揉捏成团，经过蒸笼高温催发，汁水充盈。所以即便凌霄云反应快躲过包子，但还是让又烫又黏的汤汁甩入了眼中，顿时失了方寸。

L趁机一把抓起桌上的刀，斩下了凌霄云的头颅。

后来据店小二回忆，他当时完全没有听到任何争吵、打斗的声音，但等再出来添加茶水时，屉笼里的包子已空，桌上留了两文钱，地上躺着一具无头尸，不远处还有一颗脑袋，沾了血的头发和泥土缠在一起，脏得不行。

5 /

L敲开当铺门时，老板正在盘点。

"你又来了？"

L将那把刀放在柜台上，然后又拿出一把剑，说："一起卖。"

老板拿起刀，笑出声来："你这是失而复得了？"然后他轻轻放下，又拿起放在旁边的那把剑，翻转了半天，然后往旁边一刺，剑身便像鱼一样游了出去。"龙泉剑，两次淬火，没有采用嵌钢工艺。"

"哦，看不出来。"

"算是一把名剑，叫游灵。"

"你怎么知道？"

老板让 L 凑近看那剑身上的字，说："上面刻着呢，还有铸剑师的印章。"

"哦，原来如此。这值多少钱？"

老板伸出两根手指，"二两。"

"刀呢？"

"二两。"

"不是十两？"

老板微微一笑，向他解释了一下供需关系，说他这里收的刀剑，最高都只给二两银子，至于别人要花多少钱买，那就是另外一回事情了。

也好，四两银子的额外收获也挺好。出门时，他身后传来当铺老板的自言自语："江湖如女人，一旦沾染，甩都甩不掉咯。"

L 买了一袋米、几斤猪肉，从州城慢慢走回山里的茅舍，走了差不多一个半时辰。突然路上飘起了雨，乌黑的云从四面八方围拢过来。

穿过竹林时，他琢磨起这两天发生的事。他以前听人讲过《水浒传》的故事，各路英雄好汉都身怀绝技，但那毕竟是上上个朝代的事情了。如果现在真有江湖，也不至于其中的人都如此不堪一击吧，昨夜拿刀的贼人、今早持剑的白发男，恐怕都是借江湖的名义行骗的恶人。他摇了摇头，很是纳闷：都腿脚齐全的，怎么不去战场杀敌？偏偏要在窝里横？

回到家里，他开始生火熏制腊肉。太阳刚升到头顶，L顿生困意，坐在竹椅上不知不觉地睡了过去。1592年12月12日，也就是三年前，在平壤城池，神机营副总兵骆尚志身先士卒，手持长戟攻上含毬门城楼，攀梯途中被铅弹射中，他当时回过头对L说了一声"没事"之后，和他一起拔掉了倭人的旗帜。十余人登上城楼后瞬间被倭兵包围，副总兵立即下令摆出鸳鸯阵，前后御敌，L身为鸟铳手，射杀敌兵数人。混战之中，L的手臂被倭刀刺穿，他在情急之中拔出腰间的戚家刀再战，专刺脖子和脚跟，没过多久，明军南兵从多处爬上墙头，倭军大乱，L 趁机斩断了敌营旗帜。

"飒飒飒"的声音从竹林间穿过，L 猛然惊醒，下意识地把住自己腰间的小直刀。他活动了一下脖子，站起身来，打开门，只见五人站立在舍前。

这五位来者的形态各异，看着十分有趣。其中两人手里拿着他眼熟的物件，他心里嘀咕起来：呵，可以，当铺老板真有一手，两进两出，不知这回又卖了多少钱。

"在下杨广，人称无心剑客。"身穿一袭白衣的男子先发声，他背着早上被 L 当出的那把剑。

"鲁八斤，山西铁掌。"穿着背心的大块头接着说，他的双臂还绑着护甲。

"我是蔡进，蔡大刀，三国蔡阳之后。"说这话的光头看着气质普通，应该是在胡乱吹牛。

"卞玉蛟，仙居无影针。"身材娇小的青衣女子说道，她说话时的嘴巴很漂亮。

"刘大，使这把刀的是我家弟。"留着络腮胡的大个儿在说话的同时晃了晃手上的大马士革刀。

神经病，L心想，我可没心思看戏。他不耐烦地开口说："什么事？"

"我弟在哪儿？"

L指了指茅舍后的山头："埋了。"

那络腮胡顿时情绪失控，喊道："你这老头可真够歹毒的，今天非办了你不可。"

"稍等。"白衣男示意先别急，抽出自己背后的剑，继续问L，"使这把剑的人也是你杀的？"

"在我吃包子时刺我的那个人？"L显得既无奈又疑惑。

"那就没错了，凌霄云是我的同门师弟。"

明白了，他们是来报仇的。L没见过这种情况，这超出了他以往的认知：战场上谁生谁死都不过是一瞬间的事，没有名字，没有后续，复仇只存在于国与国之间。他觉得自己眼前的这一幕很不真实，小时候听人讲的武林故事竟发生在了自家门口。

L在心里盘算，一打五肯定是打不过的，毕竟对方不是老弱病残。要是挨个单挑，自己的身体也扛不住，毕竟老伤累累。讲道理更是没必要，他们肯定不会认为擅闯民宅和打扰人吃饭是错的。

"你们等等。"L边说边折身走进屋里。

6/

那五人相互看了看，觉得路子不对，不知道这老头到底想干什么。

还没想好该怎么办，就听到"砰"的一声，络腮胡突然仰天倒下，脑门上留下一个洞。

"不好！是暗器！"青衣女提醒道。

"砰"的又一声，只见光头松开了手中的长柄大刀，摸紧自己的胸口，鲜血透过他的衣服渗了出来，"鸟……"他话还没说全就"哐"的一声趴在地上，不再动弹。

这时L从屋里走出来，一边装弹一边说："是鸟铳。"

突然，青衣女扬起手臂，数十根银针"嗖嗖嗖"地飞了出去，L转身避让，但左肩及后背还是中了招。他没顾得上多想，便把枪口对准了那个向他大喊着扑过来的大块头，接着又是"砰"的一声，大块头跪地不起，"哇哇"乱叫，低头一看自己的膝盖已被打碎。

这时白衣男已跃步至 L 眼前，一剑劈掉了 L 手中的鸟铳。

L 这下措手不及，赶紧退后避让，忽感左肩一阵钻心的麻，肯定是刚才那针尖有毒。

白衣男继续向他的心门刺去，出剑十分漂亮。

L 用左臂遮挡，瞬间就被那剑刺穿，他利用血肉的阻力，以及尺骨和桡骨的绞力，暂时扣住来剑。白衣男见势不妙，立即松手去抽背后的宝剑。

电光火石之间，L 用右手拔出腰间小直刀，由下而上，扎进了白衣男的颈部。

"杨兄！"青衣女边喊边挥起另一只手臂，"嗖嗖嗖"几十根银针飞来，L 直接用白衣男的躯体遮挡，顿时，原本完整的无心剑客被扎成了马蜂窝，白色的衣服顷刻间染满了鲜血。L 把"马蜂窝"从身上推开，见青衣女手持两把匕首冲了过来。他见势不妙，又把"马蜂窝"搬回来挡在自己身前，这下青衣女就不知道要怎么下手了，气得左右移步，试图找到刺杀的空隙。

L 趁机抓起一把地上的泥沙，向青衣女撒去。

这一招让对手吃了亏，L顺势手握刀柄砸向她的胸前，青衣女当场晕了过去。

此时，还在动弹的只有大块头了。

L使尽浑身力气站起身，拔出小臂中的宝剑，走到离大块头一米左右的距离，没等他求饶，就挥手劈去，"咚咙"一声，一颗大脑袋滚到地上。

"这把也不错。"L看着手中的剑低语。

青衣女醒来时发现自己躺在床榻上，四周香气弥漫，双手却被绳子反绑着。

"快放开我！"她下意识地喊道。

这时一个身材高大的女子从屋外走进来，手里还端了壶茶。

"醒了？"小婉将茶倒进白瓷杯中。

"你是谁？这是哪里？"青衣女看到眼前的这个西域人，提高了戒备心。

"这里是青云楼，你是被别人送过来的。"小婉坐到床榻边，将茶杯端到这个无助的女子嘴边。

青衣女将头转向另一边，她万万没想到，自己原本只想讨个真相，却碰上了有生以来最惨烈的一场厮杀，跟她同行的几位都是行家里手，不说能以一敌十，但至少从未有人敢在他们面前造次。但谁能料到一行五人最后竟被一个老头给迅速收拾了？更可气的是，她还被送到了青楼，想想自己往后的余生，不禁咬牙哭出了声。

"想搞清楚。"小婉起身离开，给了她一点空间。

片刻之后，西域女子搀扶着一个男人走近，那男人的手上缠着厚厚的纱布。青衣女瞪大了眼睛。

"为什么要追杀我？"L看着很憔悴，问得非常轻柔，似乎并不期望得到答案。

"乱我大明者，必斩之！"她几乎是喊着说出来的。

啊？L有点懵，他为国家打了三十年仗，怎么就成"乱我大明者"了？他从怀里拿出了一枚腰牌，让她把话说清楚。青衣女见状，一时无言以对，又看了看小婉。

"她来自哈密卫。"怕青衣女误将小婉当作吐鲁番人，L解释道。

事到如今，也没什么好隐瞒的了，她就把事情的前前后后都说了出来。

刘大的弟弟刘二是驰名江湖的神偷，当时朝廷为了防止倭寇进入，对东洋实行海禁，宁波港只开通了欧洲和西亚的贸易航线。刘二在一次行窃中，偷了莫卧儿使者的信物——阿克巴大帝的佩刀。这把看似朴实的大马士革刀背负着要紧使命。当时鞑靼长期骚扰着东北和宁夏，三年前，总兵叶梦熊平宁夏之乱，迫使哱拜自缢，而其残部这几年一直想联合叶儿羌和莫卧儿夹击大明帝国的西部。但莫卧儿自家的事情还没摆平，阿克巴并不想参与，想借机与大明永修和平，所以派使节远渡重洋，送来自己的贴身佩刀。刘二为躲避官兵的追捕，从宁波府一直逃到了奉化，竟丧命于L手中。

L更加疑惑了，便问："那个留两束白头发的又为何要杀我？"

"凌霄云是大理人，当时冬乌国已经骚扰了云南边境几十年，他奉浙江承宣布政使司卞大人之命追回那把佩刀。他们原先的想法是安排莫卧儿使节进京面圣，呈上阿克巴的佩刀，以表臣服我大明的忠心，然后由内阁首辅赵大人劝说皇帝（指明神宗）联合莫卧儿牵制冬乌国，好让云南地区的百姓脱离战乱之苦。凌霄云到了奉化，竟在当铺找到了佩刀。他觉得这件事十分蹊跷，便向我父亲报信，说有可能遇到了想以此行径侮辱莫卧儿的鞑靼奸细。卞大人担心走正规流程耽误时机，便让我带人支援，没想到……"

"你怎么都清楚？"小婉插话道。

"因为我是卞大人的女儿。"卞玉蛟说着又哭了起来。

"就你这样，还混江湖？"L叹了口气，撇开那三个贼人不说，自己竟杀了五位忧国忧民的好汉。

"你好好的一个女人，怎么会一会儿国家一会儿江湖的？"小婉的意思很明显，大家闺秀参与国家大事，还认识这么多江湖朋友，这太令人费解了。

"我从没说过自己是江湖人士。"卞玉蛟再次转过头去，"很多事情你们是不会明白的。"

7 /

隔日早上，银针的毒已消退，L的伤势趋于稳定。他和卞玉蛟各租了一匹马上路，从奉化州城到宁波府鄞县只有百里，快马不消半日即能到达。

卞玉蛟对身边这位老兵心存愧疚，当他亮出戚家军的腰牌时，才觉得是自己失了礼。

"毒性下去了？"她轻声地问。

"嗯，用生姜、甘草、远志和黄芪煮了一壶药，把它灌下去以后就好了很多。"L轻描淡写地回道。尽管她是承宣布政使司的闺女，但会用乌头这种军中毒药，也有点不太寻常，但他没继续问。

一路秀丽的山水，伴随袅袅炊烟，显得那么不真实。卞玉蛟想起了家兵教头刘大，正是在他的指导下，她才得以从小习武，并在十四岁时被送到峨眉山修炼，而也正是在那段时期，她结识了诸多武林人士。十六岁那年，她认识了杨广和凌霄云，两人在林中比试用剑刺扎落叶，那场景至今都像是在眼前一般。

"你爹不管你？"L突然开口问。

"家母很早就过世了，所以只要有地方能管住我，家父就放心了。"卞玉蛟淡淡地说，这时她又想起曾经那些一起玩的朋友们都被L杀了，心里又很矛盾，这让她十分难受。

之后两人都不再言语。

由于轻装上阵、快马加鞭，他们两个时辰就到了鄞县郊外，两人找了间驿站休息，问小食摊要了两碗面。L 坐定之后，把背后的包裹放在桌上，里面有一支葡萄牙鸟铳、两柄龙泉剑、一把大马士革刀。

这时，找麻烦的人出现了。

"银针妹妹，这是要出去？还是回家呢？"一个脸上有瘩子的矮个男人向他们走近，其后跟着三四个奇形怪样的人。

"你认识他们？"L 问卞玉蛟。

"算是吧。"她的语气显得有些无奈，因为除了刘大，没人知道她是官府的人。

那矮个男走到他俩身边，一只脚踩在条凳上，抱拳作揖，两眼却朝天望，那副模样十分没礼貌："我乃滇西飞刀李英。"

L 和玉蛟喝着茶，都没理他。

"哟，银针妹妹，你那两位青城哥哥哪儿去了？怎么找了个老头保护你？"矮个男开始得寸进尺。

"一边待着去，我们吃完还要赶路。"卞玉蛟面露烦色。

"别生气啊，我又没怎么样。"他从腰间掏出一把小刀，在手中把玩起来，"要不你用银针扎我几下，让我发发财。"

这时老板端着两碗面躲在远处，不敢走近。

L示意他拿过来，老板这才战战兢兢地把面端到桌子上，赶紧就转身离开。L把一碗面推到卞玉蛟面前，说："吃吧。"权当矮个男不存在。

"嘿！老头，看着挺有能耐啊？"说这话时，他也没敢动，怕万一真是碰上了什么厉害角色。

L吃了口面，没想象中的那么美味，有可能是因为有个蠢蛋在身旁。他很不开心，便问矮个男："你是耍什么的？"

"怎么？你是想比试一下？"矮个男这下来了劲。

"刚才是说什么飞刀什么的吧？"L继续问道。

"正是，本人的飞刀二十步内，刀刀毙命。"

卞玉蛟向L使了个眼色，意思是：办正事要紧，不要与无赖纠缠。

"你今天可想过生与死？"L喝了口汤，直起身子，手把着碗，觉得这场闹剧差不多可以结束了。

矮个男彻底被这句话激怒，不管三七二十一，抬起右手用刀扎向 L。

可惜手还未落，面门就被滚烫的面条和面汤由下而上地浇中，"哎哟妈……"在他踉跄之中，L 抽出腰间小直刀扎进了矮个男的心门。他身后那几个奇形怪状的人都看傻了眼。

卞玉蛟却显得很镇定，毕竟她已经不是头一次看到这样的场景了。

"耍飞刀的，非要近战。"L 边说边解开包裹，拿起鸟铳，而矮个男的同伙和面摊上的过路人见状纷纷作鸟兽散。

8 /

把青衣女送至知府门前，自己就算是完事了，L 打算快快回家。可能还要另寻住处。

"两柄剑，一把刀。"他将包裹拆开后把三件兵器递给卞玉蛟，而闻名天下的龙泉剑和大马士革刀在此刻却显得如此平淡无奇。

转身离开时，卞玉蛟牵着两匹马说："叔，路上小心。"

他能听出她那言语间的隐隐恨意，但也可以理解，毕竟她朋友死在了他手上。

果不其然，刚走到城门口，L就被一队官兵截住。

"驿站的人是你杀的？"带头的人问，他看上去很年轻，鼻梁挺括，意气风发。

"纯属自卫。"L实话实说。

"这不是你说了算，需依法理处置。"

"老队！"这时忽然传来一人的呼喊声。一开始，L还以为是自己听错了，但那声音又重复了两遍。

他抬头瞧见有人从城头走下来，定睛一看，低声喊道："阿惢？"

那年轻人一时间不知该怎么办了。

喊L的那人走近，脸上印有一道很深的疤痕，果然是他。

"喊我原名，守诚。"阿惢上前张开双臂，两人重重地抱在了一块儿。

"守备，此人刚才杀了人。"年轻人提醒道。

"哦？"阿惢看了看L背在身后的包裹，"老队，你出个门还带家伙,外头有这么乱吗?哈哈。"

"你怎么回来了?"L记得眼前的这位小兄弟,不过他应该驻扎在蓟州才对。

阿态向四周看看,示意身旁的年轻人和官兵都退下。

他向L凑近了压低声音说:"说来话长,你如果不着急回去的话,晚上我们再叙个旧。"

L看出他好像有什么心事,便答应下来。

平壤之战时,明军的编制和训练十分混乱,L原属戚家军三官二哨一队,是在名将吴惟忠麾下。神机营副总兵骆尚志觉得自己的部队战斗力不行,向吴惟忠借人,传授戚家军的阵法。L作为老兵被委以重任,分配到阿态所在的小队,担任队长。1592年,明军对平壤发动总攻,主将李如松发号施令,说谁先攻上城头,赏银万两。重赏之下,必有勇夫,戚家军和神机营联合攻上平壤城含毬门。副总兵骆尚志身后是L,L身后是阿态。

营房之中,阿态拿出了一坛酒。L眼前一亮,是金华酒。

"你小子发财了?"

"哪有的事,现在这酒可不值钱。"他给L满上一碗。

战友重逢，连干三杯。

"好久没喝到这样的美酒了！"L大呼过瘾，他知道阿忿家是百户，但"士大夫所用唯金华酒"，他不明白这怎么就不值钱了。

"老队，平壤之后就没了你的音讯，你去哪儿了？"

"身体坏了，退伍回家，一直在山里待着，你知道，我膝盖不好，所以不常走动。"

"怪不得。"阿忿只记得当时L离开得悄无声息，"所以这三年发生的事，老队都不清楚？"

"只知道朝鲜的仗还没打完。"L抓了把花生米往嘴里塞。

"那仗年初就结束了。"

"哦！"L知道大明的军队尽管有很多问题，但打倭寇还是有一套的。

"前两天发生了一件事。"酒过三巡，阿忿把蓟州兵变的事告诉了L。

"一千七百人就这么没了？"

"没了。"

尽管难以置信，但L还是表现得很平静。

当年戚家军老将吴惟忠率先拿下平壤北部要塞牡丹峰，但最后只得到了二十两赏银，功劳全被明军北兵拿了去，其中那叫李如柏的还是统帅李如松的弟弟。大明军队里南北兵派系争斗，连皇上都不管了，谁还在乎公平？北兵主要属卫所制，家中世代为兵，可年俸就那么一点。南兵属募兵制，也就是所谓的职业军人，俸禄相当高。恨人有，笑人无。指挥壬辰之战的兵部右侍郎宋应昌大人被解职后，明军的势力彻底倒向北兵，而现任蓟州总兵王保便是北兵派系主导之一。

阿忐说："如今打仗打得国库吃紧，军队里欠饷的事屡有发生，除了南兵，还有川军、狼兵都拿不到应得的犒赏。壬辰之战结束后，撤到蓟州的南兵主力戚家军，为了讨薪集结，全被王保斩杀处死。"

L只顾闷头喝酒，并不说话。

阿忐问："留守蓟州的部队中，可有老队曾经的战友？"

L抬头想了半天，说："应该有，但也不确定，早都没什么联系了。"

阿忐再次给他满上酒。

L摇摇头,感叹道:"这两天是怎么了?"他把大马士革刀的事也全盘托出。

阿忿听得脸上的伤疤都动了起来,笑道:"老队,你这两天砍的头要放在朝鲜,能拿多少赏银?"

"哎。"L再次叹息,他在朝鲜一共砍下过七颗倭寇人头,五十两一个,加上运气又不错,赏银全都拿到了手。

"这事还真和我有关。"阿忿突然认真了起来。

"怎么说?"

"是我派兵去追的刘二。"阿忿一口干了杯里的酒。

L恍然大悟,说:"原来是你小子逼我拿出了家伙。"

"宝刀不老,神铳犹在。"阿忿顺嘴接了一句。

他们两人对视三秒,哈哈大笑起来,真是酒逢知己千杯少。

9/

与老战友对饮之后,L才搞明白了几件事:一,秋露白是当今最好的酒;二,戚家军风光不再;三,大明王朝岌岌可危。但这些都已与他无关，一觉醒来，他只想早点回家收拾。宁波府守备阿慜说他会把事情交给相熟的府衙捕役解决，找个合适理由，就可当什么事都没发生过。

这时候，L脑中响起了当铺老板说过的那句话："江湖如女人，一旦沾染，甩都甩不掉。"所以真能当作什么事都没发生过吗？

岁月无情，一个人过着过着就能彻底地把另一个人忘了。他突然想起有一位老朋友在慈溪，从宁波府步行一天便可到达，既然出了奉化，不如就前去探望一番。而这位老朋友正是当年拉他加入戚家军的义乌大哥朱钰。

L出城门时，昨日要抓他的年轻人向他作揖行礼，想必多少知道了他的来头和经历，虽然L至今都没有官衔在身，但曾经和他一起浴血沙场的老战友说不定都已升至参将、游击、把总之位。总之，L安然地出了宁波府。

天气出奇的好，云淡风轻，秋高气爽。L走得相当轻松，除了左臂还隐隐作痛外，浑身自在，连半月板的常年不适都荡然无存。他想自己这几年活得也许太消极，不在乎世间发生的事，也忘了曾经的朋友。此刻，若要用笔墨描绘眼前的情景，应该就是一个行将老去的男人，戴着斗笠，背着一支用布包裹的鸟铳，腰间别一把小直刀，潇潇洒洒地走在刚收割完的稻田之中。

傍晚时分，L走到乌尖山脚下。经过一个集镇时，他走进了当地的酒肆。

"来一坛金华酒。"

"爷，我们这小地方可没那么名贵的酒。"一个年轻小伙在柜台后向他摆摆手。

"那你有什么酒？"L显得有些失望。

"自己酿的小烧酒，"小伙打开酒坛，给L递过一竹勺，问，"尝一口？"

没想到这一口下去竟让L喜出望外："色泽清透，入口柔润，却力道十足，好酒！"

"喜欢就好，这是用自家的祖传方子酿的，当地人爱喝。"小伙得意地说起来。

"这酒可有名字？"L好奇地问。

"没有名字，就是本地烧酒，用高粱酿造。"

"可惜了。"L摇摇头。

"爷要是有兴趣,就给它取个名呗。"

L望了望酒肆外满山的竹林,一片翠绿,轻轻地念道:"竹叶青。"随即,便提着一坛酒,走入山中。

三十年前花街之战时,L还是一个新兵,他当时亲眼见过朱钰大哥单挑倭寇头领,三招之内取了其首级。在当晚的庆功宴上,他桌前丢着一袋头颅,数数竟然有七个,后来戚继光将军亲自为朱钰倒酒的画面,至今都让他难以忘记。那时,L就埋下了一个念想:他也要单场战役手斩七人,喝戚将军倒的酒。

他当时的那个念想在三十年后只实现了一半,另一半则再无实现的可能。七年前,戚将军仙逝,L只与他并肩作战过一回,那是在二十年前的北境桃林,鞑靼朵颜部董狐狸进犯,而他所在的先遣营杀入敌阵,被蒙古铁骑团团围住,四小队四十八人利用车行阵,死死拖住敌军,为戚将军活捉董狐狸的叔父董长秃赢得了时机。那一战,L射杀了三个蒙古骑兵,还手刃三人,但他自己的肩部被砍伤,大腿被刺穿。戚将军来看望伤兵时,他躺在床上,努力呼吸,只想着活下去。

"你是朱钰的小弟？"

L 点点头，用手比了个"六"。

戚将军哈哈大笑，说："你更先进，擅用火器。"

L 摆摆手，意思是还没杀到七个。

戚将军安慰了他几句，说打仗不比人头，等他伤好了再一起喝酒。

三年后，L 随吴惟忠将军前往蓟州驻守。又过了几年，首辅张居正逝世，戚继光被调至广东，就再没有见过他。

L 寻到乌尖山脚下的小村子时，天色已暗，只有几间茅舍亮着烛光。他敲了敲其中一户的门，开门的是一位素衣女子，那女子的面容看得并不是很清楚。

"打扰了，可知朱钰家在哪儿？"

女子上下打量起来人来，她那双眼睛很明亮，像夜空中的星星，一闪一闪的。

"你是爹的朋友？"

"朱大哥是你父亲？"

女子点点头。

"太好了，他人在哪儿？我还带了酒。"

女子让他先进屋,把他领到桌前。L一眼就看到了朱钰的灵牌,那旁边还摆着他夫人的。

"他俩是三年前一起走的,老死的。"女子平静地说,"但生前都活得很满足。"

L不知道该说什么才好,只觉有一股巨大的情感憋在胸口。他默默地把酒放在桌上,这就像是一个早已设定好的动作,而他此行的目的就是为了在桌前放一坛酒。

"爹走前留下两句话。"女子这时开口说道。

L转头看着她,烛光下,朱钰女儿的面盘看着有点大,眼角已泛起了皱纹,年纪应该已有四十岁上下。他环顾了一圈屋内,格外干净,没见有其他人。

"爹说,如果将来有人来找他,就问问他的老弟L杀敌有没有破了他的纪录。"

L一时语塞。

"爹还说,如果那人还走得动,就问问他能不能帮忙找找孙女。"

"孙女?"

"嗯,家女。"女子说自己的名字叫朱月,她男人在北方当兵,两老一走,她女儿就离家出走了,自那以后毫无音讯。"她自小习武,总说要行走江湖,行侠仗义。"

江湖……在夜幕中的乌尖山脚下,L再次听到了这个词。

10 /

在军中时,L曾听文职官员念过一首唐诗,但现在已经完全想不起来了,只记得大概的意思是说诗人不远千里来看望故人,可惜故人早已离去。今晚,他算是有了与之完全相同的体会了。他问完朱月女儿的名字和样貌,及其他相关信息,便告辞离去。

还未走回集镇,L就看到有人在山路上等他。月光皎洁,罩在竹林之上,万物都显得格外清晰。他看见在不远处端坐着一位白发老者,那老者身边站着两人,从身形看,应该是一男一女。L明白了,他们是来寻仇的。

"既然是戚将军余部,为何不见戚家刀?"突然传来了一个人的声音。

又来这套,L很烦这种厮杀前的对白;加上刚才获悉老友去世的噩耗，心中升起一团无名怒火。他二话不说，从背后抽出了鸟铳。

"名门正派的，怎用此等暗器？"老者的声音又传到耳边。

L一下子笑出声来，问对方："可知我手上拿的是什么？"

"鸟铳。"站在老者身边的女人说。L细细一辨，竟是青衣女。

"竟然用如此卑鄙的手段取我师兄性命！"站在老者身边的男人颤抖着声音说道。

L向他招招手，示意让他过来。那男的倒也不怕，大步走上前，刚要开口，L把手指放在自己嘴前，意思是叫他闭嘴。他把鸟铳丢在地上，拔出了腰刀。

那男的气疯了，一脸惨白，举起了剑就对准L。远处的白发老者摇摇头。

L侧身，弓起脚步，面门正对剑锋。对方刚要起手出招，L便一个箭步向前将他扑倒，然后双腿死缠其头部，双手反扣其手臂。

"大马士革刀砍下一头，防身小刀插过一个脖子。"他认真地问，"这都算是用暗器吗？"

电光火石之间,老者起身,飞了过来。

L往后一滚,拾起鸟铳,未等开枪,老者的剑便将其挑落。L转身拔刀,但剑已架在了自己的脖子上。

月光照亮了白发老者,他气宇非凡、正义凛然,只是眼中泛着泪光。

L笑了笑,想:来吧,反正自己也已经活够了。

"你可还有话要说?"老者问。

"没见过你手撕蒙古铁骑,手刃倭寇武士,真是可惜了。"L嘲笑道。

那白发老者不说话。

"放手吧!点苍师傅。"卞玉蛟喊道。

老者放下剑。"长久以来,门派武功看不起军营拳脚,习武之人都觉得自己才是正统出身,却忽略了天下和国家。"

白发老者看了看L,然后抬起头望向明月,长舒一口气:"江湖的时代结束了。"

说罢,便隐没于林中深处。

卞玉蛟走过来,扶起之前倒在地上的男子。

"是他们来找我的。"她解释道。

L 其实真的无所谓。但他突然想起一件事。

"你可知朱潜灵？应该和你的年纪差不多大，脖子右侧有块浅粉色胎记。"

卞玉蛟听了一脸莫名。

"和我一样，腰间配有四寸长小直刀。" L 拿起当年朱钰大哥送给他的腰刀，"出手即毙命。"

"七姑娘？"倒在地上的男子弱弱地说。

卞玉蛟看了看他，点点头，又望向 L 说："叔，可知石柱宣慰使马千乘？"

L 摇摇头。

"叔，可知川兵总教头秦世杰的千金秦良玉？"

L 又摇了摇头。

"你怎么什么都不知道？"

L 露出一脸无奈的表情。

"秦千金有位贴身侍卫，人称七姑娘。"卞玉蛟说，"江湖传闻，年初，秦千金回忠州娘家看望患病的父亲，路遇劫匪，随行卫队本想边打边撤，没想到七姑娘竟在七步之内就取了贼人头目的首级。"

"白色鹿角柄小直刀是她的利器，"那男的补充说道，"她在江湖中的名号是七步见魂。"

L点点头。没错，应该就是她。

11 /

已入亥时，所幸集镇的酒肆还未打烊，L便走进去，要了一碗菜汤面和一盏竹叶青，顺便让小二端来一盘花生。那小伙见状，便出来询问："酒这么快喝完了？"L说："一言难尽啊。"走了一天的他顿感饥饿，于是就先呼噜噜地吞下了一碗面。

卞玉蛟此时也走进酒肆，朝L处看，在靠墙角的一桌坐下。

L给自己满上酒，连干三碗，以敬逝去的朱钰大哥。然后，他才开始慢慢将花生剥入口中，让思绪尽情在回忆的海洋里飘游。不知不觉间，他已喝下三盏。这时，卞玉蛟提着一小坛酒走近。

"叔，我能坐吗？"

L点点头。

卞玉蛟为他满上一碗,说:"叔,我有几个疑惑。"

"问。"

"为什么你不佩戴戚家刀?"

L放下手里的花生,拿起酒喝了一口,用一丝浑浊的眼神盯着卞玉蛟。

"戚家刀,"他停顿了一下,用手比划出五尺的长度,"为明式大刀一种,刀刃平磨,无肩乃利,唯妙在尖。"

"朝廷说那是仿倭刀所制。"卞玉蛟一下子急了起来。

L摇摇头,说:"倭刀是外硬内软的包钢结构,制作起来十分考究,乃武士之性命。戚家刀的制法沿袭华夏传统,采用身软刃硬的嵌钢结构,整体加热,工艺质朴,却可大量配备军队。"

"你的刀呢?"

"我已退伍,民籍,属民兵补。出了兵营,就没有资格再佩戴军刀了。"L说完,碗里的酒也正好喝完。

卞玉蛟又为他满上,继续问:"那你为什么还留有鸟铳?"

L微微一笑,从身边解开包裹,将随身的鸟铳摆到桌面上。酒肆内灯火通明,把鸟铳上的斑驳刀痕照得一清二楚。他让卞玉蛟仔细地看看枪身。

"平壤大捷取敌首级七颗者L,大勇可嘉,特此犒赏,允其终身佩戴。"枪身上刻着这样一行铭文。

再看落款,卞玉蛟大惊失色。

"嗯,骆尚志副总兵、李如松指挥使、宋应昌大人都留下了官印。"L把鸟铳悄无声息地拿了回来。

"外面很多人都说自己是戚家刀的正派传人,借此名号开堂授技。"卞玉蛟显得更为焦急。

L没搭理她,自言自语道:"我还有一支鸟铳。"

"啊?"卞玉蛟觉得是自己没听清。

"你可知,戚家军中,杀敌一百,可赏鸟铳一支?"说这话时,L脸上浮现出前所未见的自信神情。

卞玉蛟一时无语。

L接着说:"戚家军中鸟铳手的佩刀和步兵所用战刀的款式并不相同,我的刀柄处有三寸长的铜护扣,便于快速抽刀,亦可双手持刀。"他比划了一下,又喝了口酒,"但刀款有别,也不影响戚家刀法的使用。"

卞玉蛟仔细听着。

"察挡切，侧接唰，顶劈闪，挥卸砍。"L的手腕如鱼一般游动，"共十二式。三招能夺命，七招定胜负。"

"可否教我？"卞玉蛟问了个大忌讳。

L放下手中的酒碗，定睛看着眼前的这位姑娘，她并不像其他大家闺秀，可能一直混迹江湖，原本清秀的脸颊上已留下些淡淡的雀斑。

"军营拳脚，只相授于军中。"他无情地回道。

这天晚上，L在酒肆旁的客栈落脚。入睡后，他做了一个奇怪的梦：他在四川见到了朱潜灵，那女子皮肤白皙，目光凌厉，一脸倔强。一时间，他觉得得把她当作自己的孩子一样去保护。朱潜灵说生父受害于蓟州兵变，不想再成为母亲的牵挂，便遁迹于世。她还说自己要追随土司之后秦良玉，为大明抵御外敌，立下赫赫战功。

第二天醒来，L做了个决定。他要回奉化找小婉，用尽自己身上的所有银子为她赎身，还要跟她说想和她生孩子，然后送他们去国门之外的地方，因为L依稀记得小婉说过想去外面的世界看看。这样，他就可以毫无眷恋地上路，去找朱潜灵。

三年后，1598年。

李如松阵亡于蒙古，邓子龙战死于鸣梁海战，丰臣秀吉病故于京都伏见城。正史中，没有任何与 L 相关的记载。

江湖人说曾有一持枪老头被五十多人追杀至天门关，从那之后便再无音讯。川军中则流传着戚家军的余部在秦良玉的白杆军中教授射击术，助其平定播州之乱。但更让人注目的是一份朝廷的战报：朝鲜战场，西路军刘铤大破日军，军中有位无名长者，身背两支鸟铳，手持戚式长刀，七招之内斩日本战国名将黑田长政于马下，取其首级，长吼："钰兄，吾已至此。"

12 /

1998年，葡萄牙里斯本辛特拉。

林嘉德在自家花园的橄榄树下，接受央视记者的采访，他操着一口流利的宁波话讲道："吾祖籍奉化溪口，四百年前祖上头漂洋过海到此地生根。听吾曾祖父的爷爷说，先辈乃明朝将领、戚家军余部,太奶奶祖上则是波斯人后裔,精于制造大马士革刀,叫怪灵光。"

央视记者追问:"可否分享一下祖训?"

林嘉德的脸上忽然泛起了荣光,用一口标准的普通话说:"相信科学。"

跋

  每次开启一个短篇前，我都会打开一张关于某个地方、某座城市、某块区域的地图。可能有了空间和距离的限制，故事的发生才会更有框架感，而我也能写得更加心安理得，不怕走错了方向。

  在这些被描绘出来的地方，我或曾长期居住，或曾短暂停留，或曾碰巧路过，所以不用废多大心思，某个人物就会悄然地生根发芽、自然生长，引导着我在键盘上敲下一个个字。一些确有其事的发生，加上自身的经历，一股脑地揉入臆想，结果就有了眼前的这部短篇小说集。小说中的人物，多多少少都有些我自己的影子，或者说有我想成为的那类人的特质：逃离原来的环境，隐遁于异乡，深居简出，恨不得隐姓埋名，用过去为现实埋单。

  《没有漫漫无尽黑夜》的名字来自许巍的歌词，小说中也有提及。2019年,我听着他的歌自驾滇藏线,在路边的川味馆子,邻桌几个货车司机的闲聊钻入耳朵。这是一个关于团伙作案的故事,只要稍作留意,就能看出女主角的一些破绽,最终,男主角的货车被装上大型平板拖车,盖上防雨篷布,消失在某处尽头。《刀与铳》的写作动机来自大明王朝戚家军的强大,以及对于现代化武器的配置,我参考了不少讲述万历年间的书籍,最后在成都的某个网吧中奋笔疾书,只想把"相信科学"写成一个故事。《二楼》源于我对泉州的喜爱,抛开宋元时代世界第一大港的名号,更吸引我的,是这座城市的建筑式样和街头美食。包括其余几个故事,都是通过表面上的偶然进行衔接,只不过,世间哪有这么多凑巧的事情?用《感性与理性》中H的话来说:"也不知道有没有喜欢听肖邦音乐的精算师。"

喜欢文学的朋友恐怕一眼就能辨出,我的叙述方式深受波拉尼奥的影响,以至于这部短篇小说集里的主要角色,使用了他在短篇小说集《地球上最后的夜晚》中的字母命名方式,从A到Z。

十多年的媒体从业经历让我有机会接触到各路人马,

但与世间百态相比,那些又只是冰山一角而已。总觉得要找个窗口去表达,还没来得及想,就落下了这些略显笨拙的故事。也许,这也算是在有意无意中做出的一个选择。